KENSHIN LE VAGABOND

de Watsuki Nobuhiro

VOLUME 3

KENSHIN LE VAGABOND

TITRE ORIGINAL : "RUROUNI KENSHIN"

First published in Japan in 1995 by Shueisha Inc., Tokyo.
French translation rights in France arranged by Shueisha Inc.

Edition française :
Traduction : Wako Miyamoto / Olivier Prézeau
Adaptations graphiques et lettrage : Digibox

BP 177, 38008 Grenoble Cedex.
ISBN : 2.7234.2777.3
ISSN : 1253.1928
Dépot légal : janvier 1999

Imprimé en France par Maury-Eurolivres
45300 Manchecourt

TOUTE RESSEMBLANCE AVEC DES FAITS AYANT RÉELLEMENT EXISTÉ NE SERAIT QUE PURE COÏNCIDENCE.

KENSHIN LE VAGABOND

るろうに剣心

VOLUME 3

LA RAISON D'AGIR

CHRONIQUE D'UN EXPERT
EN SABRE À L'ÈRE MEIJI
DE NOBUHIRO WATSUKI

PERSONNAGES PRINCIPAUX

KENSHIN HIMURA
(BATTOSAÏ
L'ASSASSIN)

YAHIKO MYÔJIN

KAORU KAMIYA

MEGUMI TAKAMI

SANOSUKÉ
SAGARA
(SURNOMMÉ
ZANZA)

RÉSUMÉ DE L'ÉPISODE PRÉCÉDENT

KENSHIN HIMURA, APPELÉ AUSSI BATTOSAÏ L'ASSASSIN, EST LE PLUS LÉGENDAIRE DES PATRIOTES AYANT CONTRIBUÉ À LA RESTAURATION DE MEIJI. LORS DE L'AVÈNEMENT DE L'ÈRE MEIJI, KENSHIN EST DEVENU UN VAGABOND. IL S'INTERDIT DE TUER ET PORTE UN SABRE DONT LA LAME EST INVERSÉE. APRÈS AVOIR MIS EN DÉROUTE LES FRÈRES HIRUMA EN RÉSOLVANT L'AFFAIRE DU "FAUX BATTOSAÏ", IL S'INSTALLE AU DÔJÔ KAMIYA. À LA SUITE DE CETTE AFFAIRE, DE NOUVEAUX DISCIPLES FONT VITE LEUR APPARITION AU DÔJÔ. C'EST LE CAS DE YAHIKO MYÔJIN, UN JEUNE DESCENDANT DE SAMOURAÏS QUI, APRÈS AVOIR ÉTÉ SAUVÉ DES YAKUZA PAR KENSHIN, DEVIENT DISCIPLE DE L'ÉCOLE DE L'ESPRIT VIVANT. DE MÊME, SUITE À SA RENCONTRE AVEC KENSHIN, SANOSUKÉ SAGARA DÉCIDE DE METTRE UN TERME À SA PROFESSION DE COMBATTANT SUR GAGES, ET SE JOINT À KENSHIN. L'ÉCOLE KAMIYA PEUT AINSI ESPÉRER RENAÎTRE...

UN JOUR, SANOSUKÉ DÉCOUVRE QU'UN DE SES AMIS EST MORT SUITE À UNE OVERDOSE D'OPIUM. UNE BELLE FEMME, MEGUMI TAKANI, POURSUIVIE PAR UN GROUPE D'HOMMES, FAIT ALORS IRRUPTION ET DEMANDE PROTECTION À KENSHIN. CEPENDANT, CELLE-CI SEMBLE ÊTRE IMPLIQUÉE DANS LE TRAFIC D'OPIUM. POUR CETTE RAISON, ELLE EST RECHERCHÉE PAR LA MILICE PRIVÉE D'UN JEUNE HOMME D'AFFAIRES, KANRYÛ TAKEDA...

KENSHIN LE VAGABOND

TABLE DES MATIÈRES

KENSHIN LE VAGABOND, CHRONIQUE D'UN EXPERT EN SABRE À L'ÈRE MEIJI.

VOLUME 3

●

Scène 16 "Megumi, Kanryû et..."

SCÈNE 16 • "Megumi, Kanryû et..."
JE SUIS DÉSOLÉ D'ÊTRE EN RETARD.
伸宏
和月

C'EST PLUTÔT VÉTUSTE, ICI.
EST-CE UN DÔJÔ DE KENDÔ ?
? ?
?
EUH...
VOICI MLLE MEGUMI TAKANI. NOUS AVONS EU QUELQUES PETITS ENNUIS AU CASINO ET...
ON A GAGNÉ, MAIS ILS NE POUVAIENT PAS PAYER. ALORS ON A RAMENÉ CETTE FILLE À LA PLACE.
J'AIMERAIS QUE TU LA GARDES ICI UN MOMENT.
WOOM
?!
ILS ONT GAGNÉ BEAUCOUP ALORS...
SAAAA-NOOOOO ?!
C'EST UNE AFFAIRE DE TRAFIC D'OPIUM...
IL NE FAUT PAS QU'ELLE L'APPRENNE.

EH BIEN KENSHIN, C'EST VRAI ?
POP POP POP POP POP POP
BLA BLA BLA
TU NE VEUX PAS IMPLIQUER CES DEUX-LÀ, N'EST-CE PAS ?
MMM...
KENSHIN !
... OUI...
C'EST VRAI !
BOOM
TU ME DÉÇOIS BEAUCOUP !!
SHYAA !!
DOM
AÏE
POUR QUI TE PRENDS-TU ? TU AS ACHETÉ UN ÊTRE HUMAIN ?!
BOOM
BOOM
VENANT DE SANO, D'ACCORD. MAIS DE TOI, C'EST INACCEPTABLE !!
BOOM
OYO !
QU'EST-CE QU'ELLE DIT, LÀ ?

EUH... MLLE TAKANI...
VEUILLEZ L'EXCUSER... VOUS POUVEZ PARTIR, MAINTENANT.
MAIS JE N'AI AUCUNE INTENTION DE PARTIR.
QUOI ?!
IL ME PLAÎT BEAUCOUP.
JE N'AI PAS ENVIE DE ME SÉPARER DE LUI.
AAAAH
KAORU
!
GASP
GASP
TU ME PRÉFÈRES À CETTE FILLETTE IMPUBÈRE, N'EST-CE PAS ?
KENSHIN ?
AAAAH
OH OH...
QUEL TOMBEUR, CE KENSHIN !

NON MAIS ÇA NE VA PAS, NON ?!
COMMENT ÇA ?
C'EST ÉVIDENT, TU N'ES PAS LA MAÎTRESSE DE KENSHIN.
POURQUOI NE LE SERAIS-JE PAS ?
NE LA FÂCHE PAS, ELLE EST...
...TRÈS SUSCEP-TIBLE.
TOUT LE MONDE DEHORS !
DISPA-RAISSEZ !!
MON DIEU...
QUE FAIRE ?

C'EST DE TA FAUTE ! C'EST TOI QUI L'AS ÉNERVÉE.
OUI, MAIS JE NE VEUX PAS ME SÉPARER DE KEN-SHIN...
C'EST UN HOMME FORT ET TRÈS GENTIL...
TANT QUE JE RESTERAI AVEC LUI, JE ME SENTIRAI PROTÉGÉE.
KENSHIN HIMURA...
VOUS FEREZ UN BON GARDE DU CORPS.
EH BIEN DANS CE CAS, VOUS DEVEZ TOUT M'EXPLIQUER EN DÉTAIL.
EN EFFET. TU N'AS RIEN DIT SUR CETTE AFFAIRE...
QUI ES-TU VRAIMENT ?
POURQUOI FUIS-TU KANRYÛ TAKEDA ?
ET POURQUOI TE POURSUIT-IL COMME ÇA ?

ET L'OPIUM !
OÙ L'AS-TU TROUVÉ ? ET COMMENT ?
NE DEMANDE JAMAIS À UNE FEMME DE RACONTER SON PASSÉ...
TU ME PRENDS POUR UN IMBÉCILE ?!
DU CALME ...
DE TOUTE FAÇON, TÔT OU TARD JE TROUVERAI L'ORIGINE DE CETTE DROGUE.
L'OPIUM QUI A TUÉ MON POTE !
JE NE SUPPORTERAI PAS QUE CE TRAFIC CONTINUE...
JE VAIS LE DÉTRUIRE UNE BONNE FOIS POUR TOUTES !!
HUM ...
PARLEZ-NOUS AU MOINS DE CE KANRYÛ...
C'EST LUI LE TRAFIQUANT, N'EST-CE PAS ?

VOUS VOILÀ, SANO !
!
TAP TAP TAP
ENFIN...
HUF HUF HUF
JE VOUS AI CHERCHÉS PARTOUT.
SHÛ...
JE CROYAIS QUE TU AVAIS ACCOMPAGNÉ GIN ET SON AMI CHEZ LE MÉDECIN.
DÔJÔ KAMIYA
OUI, ET D'APRÈS LE MÉDECIN, ILS SONT HORS DE DANGER !
VOILÀ UNE BONNE NOUVELLE !
MAIS CE N'EST PAS FINI...
VENEZ AVEC MOI !

BLA BLA
BLA BLA
BLA
BLA
BLA
BLA
BLA
BLA
BLA BLA
BOM
BOM

BLA BLA BLA
CE SONT LES GARDES DU CORPS DE KANRYÛ, CEUX DE TOUT À L'HEURE...
QUELLE CRUAUTÉ ...
C'EST COMME ÇA QUE FONCTIONNE KANRYÛ...
IL ÉLIMINE TOUS CEUX QUI NE LUI SERVENT PLUS À RIEN !
!?
QU'EST-CE QU'IL Y A ?

BESHIMI !
OU... OUI !!
TU M'AS DIT QU'UN HOMME ROUX AVEC UNE CICA-TRICE...
... SUR LA JOUE GAUCHE T'AVAIT CASSÉ LE NEZ, C'EST CELA ?
OUI.
EUH ...
AH !
C'EST LUI !
IL EST AVEC MEGUMI !!
C'EST PARFAIT... JE VAIS LES TUER !!
JE PRÉFÉRERAIS ÉVITER LES TROUBLES...
... EN PUBLIC.

ARRÊ-TE.
MERCI.
GRR...
CE N'EST PAS UN HOMME ORDINAIRE, BESHIMI...
TU NE POURRAS PAS LE VAINCRE SEUL.
S'ILS SONT ICI...
... J'IMAGINE QUE TU ES LÀ AUSSI, HANNYA.
OUI.
AS-TU TROUVÉ OÙ ILS HABITENT ?
OUI. MAIS CE TYPE MARCHE À L'INSTINCT. ÇA A ÉTÉ DIFFICILE DE LE SUIVRE.
BIEN... TU AIDERAS BESHIMI À RÉCUPÉRER MEGUMI TAKANI...
ET PRENDS HYOTTOKO AVEC TOI.
ENTEN-DU.

JE TE FOURNIS DEUX HOMMES.
JE NE TOLÉRERAI PAS UN SECOND ÉCHEC, BESHIMI.
J'AI BIEN COMPRIS, OKASHIRA...
À PLUS TARD...
CHUUT !
VOUS LUI CONCÉDEZ UNE DEUXIÈME CHANCE, C'EST TRÈS GÉNÉREUX...
VOUS CROYEZ ?
HUM... JE NE POURRAIS PAS AGIR COMME VOUS LE FAITES.
L'HOMME D'AFFAIRES QUE JE SUIS NE PEUT TOLÉRER AUCUNE PERTE DE TEMPS.
JE NE PEUX TROUVER LE CALME TANT QUE JE N'AI PAS ÉLIMINÉ LES FACTEURS NÉGATIFS.
HE

D'AILLEURS, MLLE MEGUMI ME CAUSE CERTAINS PROBLÈMES ...
C'EST UNE POULE AUX ŒUFS D'OR...
JE NE VEUX LA LÂCHER EN AUCUN CAS.
KANRYÛ !!

C'EST BIEN LUI...
REGARDE EN FACE. L'HOMME DE GAUCHE, C'EST KANRYÛ TAKEDA.
MAIS QUI EST CELUI DE DROITE ?
AUCUNE IDÉE. IL DOIT ÊTRE LE CHEF DE SA MILICE.
NON ! C'EST...
C'EST L'OKASHIRA !
?!

C'EST LE CHEF DES "ONIWABAN SHÛ", UN GROUPE D'ANCIENS NINJA...
... QUE KANRYÛ A RÉCEMMENT RECRUTÉS POUR COMPLÉTER SON ARMÉE.
ONIWABAN SHÛ : GROUPE DE NINJA DONT LE RÔLE CONSISTAIT À PROTÉGER LE SHÔGUN OU LES GRANDS SEIGNEURS DE MANIÈRE DISCRÈTE. IL ÉTAIT COMPOSÉ D'EXCELLENTS NINJA, MAÎTRES DANS L'ART DU COMBAT.
CET HOMME EST UN GÉNIE. IL EST DEVENU OKASHIRA (CHEF D'ONIWABAN SHÛ) À L'ÂGE DE 15 ANS, ET A PROTÉGÉ LE SHÔGUN AVANT LA RESTAURATION DE MEIJI.
SON NOM EST AOSHI SHINOMORI !

MAIS POURQUOI UN HOMME COMME LUI TRAVAILLE POUR KANRYÛ ?
HUM... VOILÀ UN ADVERSAIRE PLUS SÉRIEUX QUE KANRYÛ TAKEDA.
VOICI DONC NOS ENNEMIS : UN HOMME D'AFFAIRES LOUCHE ET UN DANGEREUX ONIWABAN SHÛ...
NOUS DEVONS TOUT FAIRE POUR PROTÉGER MLLE MEGUMI !

DANS LE SECRET DE LA CRÉATION DES PERSONNAGES

HUITIÈME PARTIE :

BESHIMI, ONIWABAN SHÛ

●

AVANT DE VOUS PARLER PLUS PRÉCISÉMENT DE SON MODÈLE, SACHEZ QUE J'AI DÛ CRÉER CE PERSONNAGE UN PEU À L'IMPROVISTE. EN FAIT, TOUT S'EST PASSÉ LORS D'UNE RÉUNION AVEC MON ÉDITEUR À PROPOS DE LA SÉRIE DES "MEGUMI". J'AVAIS L'INTENTION DE FAIRE COMBATTRE KENSHIN ET SES AMIS CONTRE LA MILICE PRIVÉE DE KANRYÛ. MON ÉDITEUR M'A FAIT REMARQUER QU'IL N'ÉTAIT PAS AMUSANT D'OPPOSER UNE BANDE DE VOYOUS À UN EXPERT EN SABRE AUSSI CONNU QUE KENSHIN. C'EST AINSI QU'EST NÉ LE GROUPE ONIWABAN SHÛ, UNE FACTION AYANT RÉELLEMENT EXISTÉ MAIS DONT LES MEMBRES N'ÉTAIENT NI DES NINJA NI DES ESPIONS COMME JE L'AI INVENTÉ. PAR LA SUITE, J'AI DÛ IMPROVISER DES DÉTAILS DE LEUR HISTOIRE. J'AI CHOISI BESHIMI POUR INCARNER UN GROUPE DE L'OMBRE. LORS DE SA PREMIÈRE APPARITION, JE N'AVAIS PAS ENCORE BIEN FIXÉ SON CARACTÈRE. IL EST PROGRESSIVEMENT DEVENU L'HOMME FAIBLE ET CRAINTIF QUE VOUS CONNAÎTREZ PAR LA SUITE. PLUS TARD, VOUS DÉCOUVRIREZ UN AUTRE ASPECT DE CE PERSONNAGE, UNE FACETTE QUE JE NE PEUX RÉVÉLER MAINTENANT.

●

COMME IL A ÉTÉ CRÉÉ SANS PRÉMÉDITATION, CE PERSONNAGE N'A ÉVIDEMMENT AUCUN MODÈLE GRAPHIQUE. JE L'AI DESSINÉ TOUT PETIT PARCE CAR JE VOULAIS QUE TOUS LES MEMBRES D'ONIWABAN SHÛ SOIENT DIFFORMES, À L'EXCEPTION D'AOSHI. BIEN QU'IL SOIT PETIT ET CRAINTIF, BESHIMI SEMBLE PLAIRE À CERTAINS LECTEURS. ON ME DIT MÊME PARFOIS QU'IL EST MIGNON, CE QUI N'EST PAS SANS ME PERTURBER...

伸宏
和月
SCÈNE 17
"L'attaque des ONIWABAN SHÛ"

AiNSi DONC, L'ARMÉE PRiVÉE DE KANRYÛ EST COMPOSÉE D'ENVIRON 60 SOLDATS...
C'EST JUSTE ?
KANRYÛ TAKEDA
OKASHIRA
MiLiCE PRiVÉE
ONiWABAN SHÛ
DiViSiON D'iNFANTERiE (10)
DiViSiON DE TiREURS D'ÉLiTE (10)
DiViSiON D'EXPERTS EN SABRE (10)
DiViSiON DE YAKUZA (3)
OUi.
ET COMBiEN SONT LES ONiWABAN SHÛ ?
PAS PLUS DE DiX, JE CROiS.
ET ENFiN ...
... OÙ AVEZ-VOUS OBTENU L'OPiUM ?
VOUS NE ME DiTES RiEN À CE SUJET...
JE TE CONFiE CE QUi PEUT FACiLiTER NOTRE COMBAT.
L'OPiUM N'A RiEN À VOiR LÀ-DEDANS.
Fiou
BEUH
TOUT CE QUE VOUS AVEZ À FAiRE, C'EST LES VAiNCRE. RiEN D'AUTRE.

SI LES ONIWABAN SHÛ RÉAGISSENT...
... ILS NE POURRONT PAS LES VAINCRE.
INUTILE DE RESTER ICI PLUS LONGTEMPS... JE DOIS M'ENFUIR AVANT QUE LES COMBATS NE COMMENCENT.
POURQUO ÊTES-VOU LÀ, ALORS
...
JE N'EN DIRAI PAS PLUS !
DODOM
DODOM
DODOM
DODOM
DODOM
SSSSSS
...
SHUUU
CE N'EST PAS BIEN D'ÉCOUTER EN CACHETTE ...
VOILÀ UNE ATTITUDE QUI EST INDIGNE D'UN MAÎTRE ADJOINT, KAORU !
HARG
NOON

...
MAIS DÈS QU'ILS SONT REVENUS, ILS SE SONT ENFERMÉS TOUT SEULS DANS LA CHAMBRE !
WIIIIP
ALLONS, DU CALME. NE T'INQUIÈTE PAS. CE N'EST PAS CE QUE TU PENSES.
FLIRT FLIRT
HIC HIC HIC HIC
QU'EST-CE QU'ILS FONT ALORS ?
C'EST À CAUSE DU CARACTÈRE DE KENSHIN ...
IL NE PEUT PAS ABANDONNER LES PERSONNES EN DIFFICULTÉ OU EN DANGER.
...
IL EST FORT AU SABRE MAIS AUSSI TRÈS GÉNÉREUX ...
SURTOUT À L'ÉGARD DES FEMMES ET DES ENFANTS.
TU AS RAISON.
ES-TU COMME LUI, SANO ?
TU RIGOLES ?
JE VEUX JUSTE VENGER MES POTES.
JE ME FICHE DU SORT DE CETTE SORCIÈRE !

RIEN D'ANORMAL, SANO ?
SHOOOP
NON.
VOICI L'ORGANIGRAMME DU CLAN KANRYÛ ...
JETEZ DONC UN COUP D'ŒIL.
SI LES ONIWABAN SHÛ SONT LÀ, C'EST QU'ILS SAVENT OÙ NOUS NOUS TROUVONS.
IL FAUT ÊTRE TRÈS PRUDENTS.
KENSHIN...
... KAORU...
JE NE PEUX PAS TOUT VOUS EXPLIQUER POUR LE MOMENT...
IL VA PEUT-ÊTRE Y AVOIR QUELQUES PROBLÈMES D'ICI LÀ.
JE NE SAVAIS PAS QUE TU ÉCRIVAIS SI MAL.
ON DIRAIT L'ÉCRITURE DE WATSUKI ...
BON EUH... ÉCOUTEZ-MOI BIEN...

EN TOUT CAS, ÇA NE SE PASSERA PAS COMME LE COMBAT CONTRE JINÉ.
JE VOUS JURE QUE JE VOUS PROTÉGERAI ...
MAIS ...
HEEE
JE VOUS DEMANDE DE FAIRE UNE CROIX SUR CE QUE VOUS VOULEZ SAVOIR.
... D'AC-CORD.
MAIS TU AS INTÉRÊT À TOUT M'EXPLIQUER APRÈS LE COMBAT.
HÉ HÉ HÉ...
J'AI TOUT ENTENDU ...
... KENSHIN.
?!

ALORS COMME ÇA IL Y AURA PEUT-ÊTRE QUELQUES PROBLÈMES ?!
YAHIKO
BOOOM
TU ES LÀ DEPUIS QUAND ?
QUELLE AUDA-CE...
DEPUIS CET APRÈS-MIDI. JE SUIS COMPLÈTEMENT RATATINÉ...
POURQUOI NE M'A-T-ON RIEN DIT ?! POURQUOI ME TIENT-ON À L'ÉCART ?!
JE SUIS MOI AUSSI MEMBRE DE L'ÉQUIPE KENSHIN !!
DE QUOI ?!
DEPUIS QUAND ÇA EXISTE ?
NE SOIS PAS TROP PRÉSOMP-TUEUX, PETIT GNOME !
TOI TU N'AS RIEN À ME DIRE !
TU VAS MOURIR !
TAC
REVIENS DANS UN SIÈCLE !

DÔJÔ DE KENDÔ, ÉCOLE DE L'ESPRIT VIVANT KAMIYA
...
C'EST ICI ?
神谷活心 剣術道
ON PASSE À L'ATTAQUE COMME PRÉVU, COMPRIS ?
HYOTTOKO ! HANNYA !

TU NOUS DONNES DES ORDRES, MAINTENANT, BESHIMI ?
KLAK
!!
ON T'AIDE PARCE QUE L'OKASHIRA NOUS L'A ORDONNÉ.
MAIS N'OUBLIE PAS QUI TU ES.
...
LAISSE ...
LES CONFLITS INTERNES PEUVENT CAUSER LA PERTE D'UN COMBAT AISÉ.
PFF... NOS ADVERSAIRES NE SONT QUE DEUX, ALORS PEU IMPORTE NOS PROBLÈMES.
HYOTTOKO VA LES VAINCRE TOUT SEUL !

BROOOOM
?!
LES VOILÀ !
LA PORTE PRINCIPALE !!
DADADADA
VLOM
!

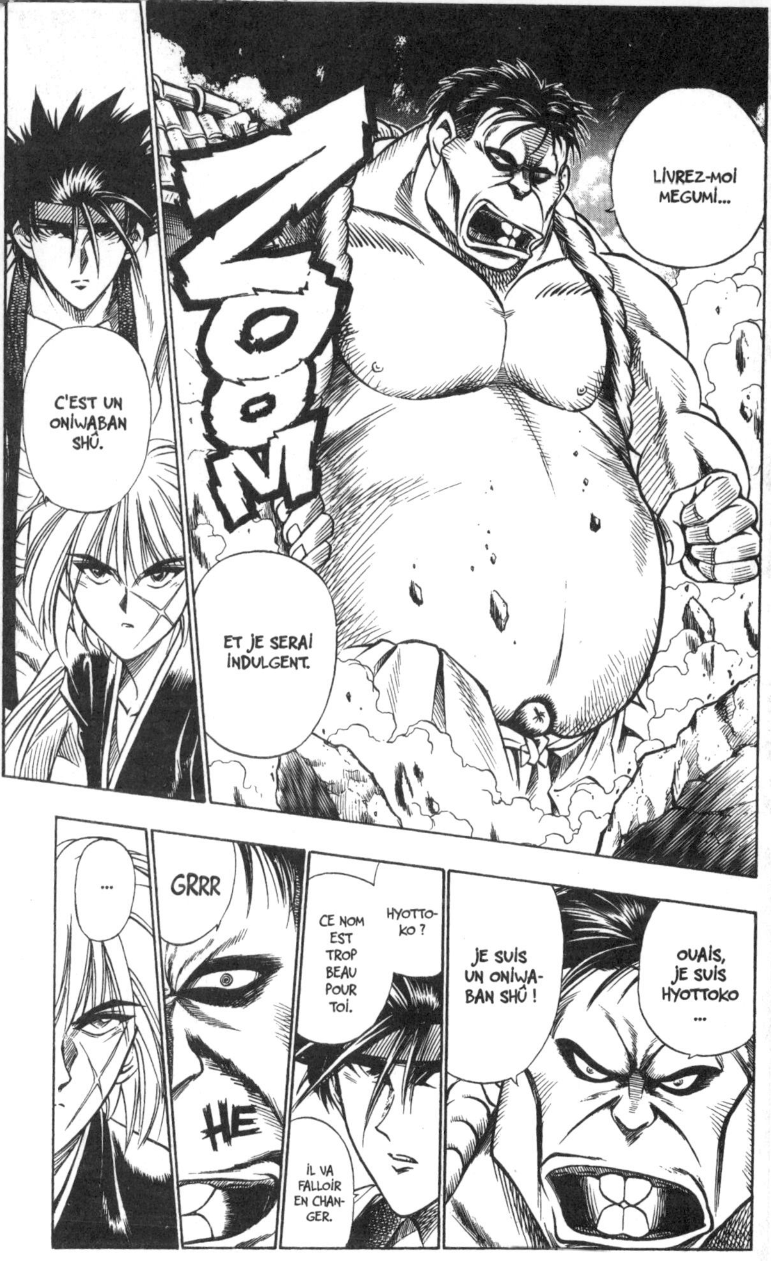
LIVREZ-MOI MEGUMI...
ET JE SERAI INDULGENT.
ZOOM
C'EST UN ONIWABAN SHÛ.
OUAIS, JE SUIS HYOTTOKO ...
JE SUIS UN ONIWABAN SHÛ !
HYOTTOKO ?
CE NOM EST TROP BEAU POUR TOI.
IL VA FALLOIR EN CHANGER.
GRRR
HE
...

BON ...
QUI VEUT SE BATTRE LE PREMIER ?
JE PEUX MÊME VOUS COMBATTRE TOUS EN MÊME TEMPS.
C'EST VRAIMENT UNE BRUTE.
JE M'OCCUPE DE LUI, KENSHIN.
C'EST QUAND MÊME UN ONIWABAN SHÛ.
PRUDENCE, CE N'EST PAS QU'UNE BRUTE...
PEU IMPORTE !
JE VEUX L'ATTRAPER VIVANT POUR LE QUESTIONNER SUR L'OPIUM !
DAM
C'EST TOI, LE PREMIER ?
CRAC
CRAC
TIENS !
BOM

AAAH !!
OOH...
BLOP
TA FORCE NE SERT À RIEN...
... SI TU NE SAIS PAS VISER.
URK ! JE TE REMERCIE ...
... DE TE METTRE À MA PORTÉE.
?

DOOON
QUOI ?!
SANOSUKÉ !!
BA

C'EST QU'IL EST DANGE-REUX, CE GROS TAS DE GRAISSE
GYiii !!
TU AS RÉUSSI À ÉVITER MON "SOUPIR DE FLAMMES"...
MAIS LA PROCHAINE FOIS, AVEC TA JAMBE BRÛLÉE...
PFF...
HI HI HI... SON ORGUEIL N'A PAS DE LIMITES !
HYOTTOKO EST UN SPÉCIALISTE DU FEU. IL A UN SAC D'HUILE DANS LE VENTRE ET UNE PIERRE À FEU ENTRE LES DENTS.
"HYOTTOKO" SIGNIFIE "HOMME DE FEU" !
IL PEUT TOUT BRÛLER !!
PRÉPARE-TOI !

QUE REGARDEZ-VOUS ?
C'EST MOI, VOTRE ADVERSAIRE.
!!
JE VAIS D'ABORD M'OCCUPER DE CELUI-LÀ...
ET TU SERAS LE PROCHAIN. NE T'INQUIÈTE PAS.
CE GENRE DE PLAISANTERIE NE VOUS PERMETTRA PAS DE ME BRÛLER MÊME UN CHEVEU !
QUOI ?!
TU OSES PARLER DE PLAISANTERIE ?!

IL UTILISE SON SABRE COMME BOUCLIER...!
IMBÉ-CILE !!
TU VAS VOIR...
... QUI EST L'ACROBATE !!
TU NE POURRAS PAS TENIR LONGTEMPS !

C'EST LE MOMENT DE S'ENFUIR, NI VU NI CONNU...
SHIM
OÙ ALLEZ-VOUS ?
!
KENSHIN SE BAT POUR VOUS !
VOUS NE POUVEZ PAS L'ABANDONNER MAINTENANT !
KENSHIN N'A AUCUNE CHANCE CONTRE LUI !
C'EST UN ONIWABAN SHÛ...
CELA N'A RIEN À VOIR AVEC LE NIVEAU DE BESHIMI.
KENSHIN VA GAGNER ...

GRRR !!
HUM ...
VOUS NE LE CONNAISSEZ PAS.
CE N'EST PAS UN SIMPLE KENDÔKA.
LES 9 LITRES D'HUILE SONT ÉPUISÉS...
?!
VOUS SAVEZ MAINTENANT...
... QUI VA FAIRE LA DERNIÈRE ACROBATIE.
!

DANS LE SECRET DE LA CRÉATION DES PERSONNAGES

NEUVIÈME PARTIE :

HYOTTOKO, ONIWABAN SHÛ

●

CE PERSONNAGE EST UN CRACHEUR DE FEU QUI A ÉTÉ CRÉÉ À PARTIR DE L'IDÉE DU "HYOTTOKO", QUI SIGNIFIE "L'HOMME DE FEU". JE VOULAIS UN PERSONNAGE QUI CORRESPONDE À L'IMAGE DU NINJA. MAIS, EN RELISANT L'ÉPISODE, JE REMARQUE QU'IL Y A DES DISCORDANCES. IL NE COLLE PAS VRAIMENT À L'UNIVERS DE CE MANGA... EN CE QUI CONCERNE SON CARACTÈRE, IL EST NATURELLEMENT PRÉTENTIEUX ET IDIOT, MAIS C'EST SON RÔLE QUI VEUT ÇA. QUANT À SON COMBAT CONTRE KENSHIN (LORSQU'IL UTILISE LE "SOUPIR DE FLAMMES"), BEAUCOUP DE GENS (LECTEURS, FANS ET BEAUCOUP DE MES AMIS) M'ONT FAIT REMARQUER QUE LES TECHNIQUES DE COMBAT DES DEUX PERSONNAGES RELEVAIENT PLUS DE LA PRESTIDIGITATION. JE LEUR EN DEMANDE OFFICIELLEMENT PARDON MAIS, À CETTE ÉPOQUE, JE N'ÉTAIS PAS DANS UNE FORME OLYMPIQUE... À CAUSE DE LA CHALEUR !

●

LE STYLE GRAPHIQUE DE HYOTTOKO EST CELUI D'UN MUTANT DÉJÀ APPARU DANS UN ANIMÉ. COMME CE PERSONNAGE DEVAIT ÊTRE DIFFORME ET QU'IL ALLAIT AVOIR UN SAC D'HUILE DANS LE VENTRE, JE VOULAIS QU'IL SOIT OBÈSE AU DERNIER STADE ! MAIS COMME C'ÉTAIT MA PREMIÈRE EXPÉRIENCE DE DESSIN POUR CE TYPE DE PERSONNAGE, J'AI PROCÉDÉ PAR TÂTONNEMENT. JE ME SUIS DONNÉ DU MAL AU DÉBUT, MAIS CELA M'A BIEN SERVI UNE FOIS LE DESSIN DÉFINI.

G...
GRR...
PAS POSSIBLE... IL A ÉVITÉ LA FLAMME EN RETOURNANT SON SABRE...
SCÈNE 18 • "L'Élan de l'Équipe kenshin"
CE N'EST PAS UN SIMPLE KENDÔKA... MAIS QUI EST-IL DONC ?
CE N'EST PAS FINI !
BAM
!
IL SE RAVITAILLE !
DAN

SCÈNE 18
"L'Élan de l'Équipe Kenshin"
伸宏
和月
SANO...

MERCI POUR TO AIDE...
MAIS C'EST **MON** ADVERSAIRE.
JE VEUX...
... TERMINER CE COMBAT !
...
D'ACCORD. JE VOUS CONFIE CE QU'IL EN RESTE.
TSHAK
PARFAIT !
VSHAK
MAIS QU'EST-CE QU'ILS FONT ?!
SANOSUKÉ EST BLESSÉ À LA JAMBE !
KSHAK

RAVITAILLEMENT TERMINÉ.
ZOOM
QUEL IDIOT... IL VIENT SE AIRE GRILLER LES OS !
C'EST TOI, L'IDIOT.
TU CROIS QUE TON TOUR DE PASSE-PASSE VA FONCTIONNER INDÉFINIMENT ?
POP
TU VAS GRILLER SUR PLACE !!
JE BRÛLERAI TOUS CEUX QUI OSENT SE MOQUER DE MA TECHNIQUE.
WOOOO
KRAK

JE VAIS T'INCINÉRER !!
PLUTÔT CORIACE !!
LE SOUPIR IMPARABLE !
... CETTE FOIS, IL NE POURRA PAS S'ÉCHAPPER !

?!
QUOI ?!
BIEN VU !
IL SUBIRA MOINS DE DÉGÂTS EN S'ÉLANÇANT DROIT SUR L'ENNEMI PLUTÔT QU'EN LE FUYANT.
YAOH !!
GRGL !

BAM
ARGH... GRRR...
MONTRE UN PEU TON SUPER TOUR DE PASSE-PASSE !
RENDS-TOI.
TU N'AS AUCUNE CHANCE DE GAGNER...
RRRR...
QUEL IDIOT !
GU FU FU...
!
TSS... J'ATTENDAIS MIEUX DE CE VIEUX SAC D'HUILE.

TU NE PEUX PLUS ME DONNER DE COUPS DE POING À CAUSE DE TA BRÛLURE, N'EST-CE...
C'EST TOI QUI N'AS PAS DE CHANCE !
... PAS ?!
BOM

ET LES COUPS DE PIED ALORS, T'EN FAIS QUOI ?
C'EST SÛR QUE RÂBLÉ COMME TU L'ES...
TROP FACILE !!
MAIS VU LES BLESSURES QU'IL VOUS A INFLIGÉES...

C'EST COMME SI C'ÉTAIT LUI QUI AVAIT GAGNÉ...
RÉPÈTE CE QUE TU VIENS DE DIRE !!
DODOM
ILS SONT EXTRÊMEMENT FORTS...
QUI SONT-ILS DONC ?
COMME JE VOUS L'AVAIS DIT...
VOUS NE LES CONNAISSEZ PAS ASSEZ.
CE SONT DES AMIS SUR QUI...
... JE PEUX COMPTER.
HÉ, ÇA VA ?
TA TA TAM

WOW ! PAS ÉVIDENTE CETTE VICTOIRE, ON DIRAIT !
N'EST-CE PAS ?
C'EST FINI, OUI ?!
DES AMIS...
...!
ET QU'EST-CE QU'ON FAIT DE LUI ?
ON VA LUI BALANCER UN PEU D'EAU ET...
BON SANG ...
... DE BONSOIR !
HYOTTOKO S'EST FAIT BATTRE EN UN CLIN D'ŒIL ! JE N'AI PLUS LE DROIT À L'ERREUR...
MAIS ...

TOUT EST À CAUSE DE CETTE MEGUMI TAKANI !
SI SEULEMENT ELLE NE S'ÉTAIT PAS ÉCHAPPÉE PENDANT MON TOUR DE GARDE...
JE NE SAIS PAS POURQUOI KANRYÛ EST AUTANT ATTACHÉ À ELLE, MAIS...
ELLE DOIT PAYER POUR TOUT ÇA...
DAM
DAM
DAM
TOUT EST DE SA FAUTE !!
GRRR
ATTENTION !
IL Y EN A ENCORE UN QUI SE CACHE !

JE VAIS TE TUER !
IL EST LÀ !!
?!

ATTENTION !!!
HEIN ?!
YAHIKO !
TAP TAP TAP TAP
BOM
AH !
AÏE !
TAC
TU ES FOU OU QUOI ?!
UNE BALLE COMME CELLE-CI POURRAIT TE TRANS-PERCER LE CŒUR !
NE TE MÊLE PAS DE CE COMBAT !

TU RIGOLES OU QUOI ?
VOUS PROTÉGEZ CETTE FEMME, N'EST-CE PAS ?
ET MOI ALORS ? JE FAIS PARTIE DE L'ÉQUIPE AUSSI !
SI JE NE PEUX PAS ME BATTRE, JE PEUX AU MOINS LA DÉFENDRE !
FAIS CONFIANCE À TON DISCIPLE ...
HEIN ?
DAOM
HURK
HURK
YAHIKO !!

DU POISON !!
MON DIEU !
HI HI HI... BIEN FAIT POUR LUI !
DANS MOINS D'UNE HEURE IL SERA MORT !
L'EMPOISONNEMENT PAR BALLE SPIRALE !
C'EST LA TECHNIQUE DE BESHIMI, L'ONIWABAN SHÛ !!
JE VAIS EMPOISONNER TOUT LE MONDE ! TU SERAS MA PROCHAINE VICTIME ...
BAM
... CHEVEUX ROUGES !
HEIN ?

YAGH !
TOK
!

ZAM
...
İL EST TRÈS FORT...!

KENSHIN ! YAHIKO...
IL VA...
YAHIKO, TIENS BON !
TU M'EN-TENDS ?!
YAHIKO !
YAHI-KOOO !!

御宏
和月
YAHiKO !!
SCÈNE 19
"La fille d'Aizu"
...

!
ON LAISSE TOMBER. NOUS NE PARVIENDRONS PAS À VOUS ARRACHER MEGUMI TAKANI AUJOURD'HUI.
JE VEUX INFORMER L'OKASHIRA ET RÉCUPÉRER MES COMPAGNONS BLESSÉS.
JE NE VOUS EN EMPÊCHERAI PAS...
MAIS NOUS AVONS BESOIN DU PETIT, POUR L'ANTIDOTE DE YAHIKO.
C'EST HORS DE QUESTION ! VOUS RESTEZ MON ENNEMI.
DANS CE CAS ...
WOM
... JE DOIS RECOURIR À LA FORCE !
WAM
...

TSIKK
?!
CONTRAIREMENT À CE QUE VOUS LAISSEZ PARAÎTRE...
... VOUS AGISSEZ AVEC PASSION.

VLAM
!
INUTILE DE SE PRESSER. NOUS NOUS BATTRONS À NOUVEAU, TÔT OU TARD ...
... PUISQUE VOUS PERSISTEZ À PROTÉGER MEGUMI TAKANI.
SHH
BODOM
CE MOUVEMENT...
... C'EST CELUI D'UN PRATIQUANT D'ARTS MARTIAUX BIEN ENTRAÎNÉ. RIEN À VOIR AVEC LES DEUX AUTRES !
GRR ...
WAM

KEN-SHIN !
C'EST YAHIKO ...!!
YAHI-KO !
TAP TAP TAP
ALORS ?
EH BIEN JE NE SAIS PAS...
JE POURRAIS SOIGNER UNE PLAIE OUVERTE OU UNE FRACTURE D'OS, MAIS JE N'AI AUCUNE CONNAISSANCE EN EMPOISONNEMENT...
IL FAUT ASPIRER LE POISON DIRECTEMENT DE LA PLAIE !
D'AC-CORD !
ARRÊTEZ !
?!

ASPIRER LE POISON SUR LA BLESSURE ENTRAÎNERA UNE INFECTION !
IMBÉCILE !
OCCUPEZ-VOUS DE VOS AFFAIRES !!
VOUS VOULEZ QUE JE LE LAISSE MOURIR ?
RECULEZ !
LAISSEZ FAIRE UNE SPÉCIALISTE !
HAAA
LÉGÈRE FIÈVRE, PERTE DE CONSCIENCE ET DOULEUR. SA PUPILLE SE DILATE... IL S'AGIT DE...
HAAA
.... CETTE PLANTE VÉNÉNEUSE, LA STRAMOINE !
AVEZ VOUS UN MÉDECIN AU DÔJÔ ?
POUVEZ-VOUS LUI APPORTER CES PRESCRIPTIONS ?
TOI, VA ACHETER AUTANT DE GLACE QUE POSSIBLE !
FAITES CHAUFFER DE L'EAU !
PRÉPAREZ-MOI UNE SERVIETTE ET DES MÉDICAMENTS !

UNE DÉSINTOXICATION EST UN COMBAT CONTRE LE TEMPS !
DÉPÊCHEZ-VOUS !! LE TEMPS PRESSE !
ET VOILÀ...
J'AI FINI.
IL SERA SUR PIED DANS TROIS OU QUATRE JOURS.
TU ES SAUVÉ, YAHIKO !
WIP WIP
GH...
À CONDITION QU'IL SE REPOSE DANS LE CALME...

MERCI VIEILLARD ! JE TE SOUS-ESTIMAIS !
TAP TAP
C'EST COMME ÇA QUE TU ME REMERCIES ?
VOUS DEVRIEZ PLUTÔT REMERCIER L'AUTEUR DE CETTE ORDONNANCE.
IL A UNE PARFAITE CONNAISSANCE DES MÉDICAMENTS ET DE LEUR DOSAGE.
IL DOIT AVOIR DE SOLIDES CONNAISSANCES EN MÉDECINE OCCIDENTALE...
DE SOLIDES CONNAISSANCES EN POISON, AUSSI ?
C'EST LA MÊME CHOSE.
LA STRAMOINE EST ÉGALEMENT UN EXCELLENT REMÈDE...
SON EXTRAIT EST LE PRINCIPAL COMPOSANT UTILISÉ POUR L'ANESTHÉSIE "MAFUSSAN" INVENTÉE PAR SEISHŪ HANAOKA, UN TRÈS BON MÉDECIN QUI EXERÇAIT AU MILIEU DE L'ÈRE EDO.
CELUI QUI A PRESCRIT CES SOINS EST UN SPÉCIALISTE EN PHARMACOLOGIE OCCIDENTALE.
IL N'Y A PAS DE DOUTE.
QUELLE SURPRISE...
JE N'AVAIS VU EN ELLE QUE DE LA MÉCHANCETÉ.

C'EST UNE FEMME ?
OUI...
NE SERAIT-CE PAS ...
... MEGUMI ?!
!
TU LA CONNAIS ?!
C'ÉTAIT L'ASSISTANTE D'UN MÉDECIN...
WOOOOOSH
... QUI A ÉTÉ TUÉ IL Y A TROIS ANS.
DÔJÔ DE KENDÔ
...
...

OÙ COMPTEZ-VOUS ALLER ?
!!
TOP
marcher seule la nuit, c'est dangereux pour une dame.
HURK
iL M'A FAiT SURSAU-TER.
HURK
VOUS DEVRiEZ VEiLLER SUR LE jEUNE GARÇON.
ÇA VA ALLER, YAHiKO EST UN GARÇON ROBUSTE.
jE VOUS REMERCiE DE SA PART...
POUR LE TRAiTEMENT ?
MERCi, MAiS CE N'EST PAS LA PEiNE...
APRÈS TOUT, iL A ÉTÉ BLESSÉ À MA PLACE.
ALORS, OÙ ALLEZ-VOUS ?
HÉ
impossible de changer de sujet...
jE VAiS QUiTTER TÔKYÔ AVANT QUE LES HOMMES DE KANRYÛ NE RÉAGiSSENT.
VOUS N'AUREZ PLUS D'ENNUiS APRÈS MON DÉPART.

* ACTUELLE PRÉFECTURE DE FUKUSHIMA

C'EST UNE ANCIENNE FAMILLE DE MÉDECINS DANS LAQUELLE MÊME FEMMES ET ENFANTS APPRENAIENT LA PRATIQUE DE LA MÉDECINE.
ELLE ÉTAIT SURTOUT CONNUE POUR SON PRINCIPE D'ÉGALITÉ DES TRAITEMENTS, QUELLE QUE SOIT L'ORIGINE SOCIALE DES PATIENTS.
MALGRÉ LEUR STATUT DE MÉDECIN DU SEIGNEUR, LES TAKANI SE CONSACRAIENT À TOUS LES MALADES SANS DISTINCTION DE CLASSE, CHOSE IMPENSABLE À UNE ÉPOQUE OÙ LA HIÉRARCHIE SOCIALE ÉTAIT PLUS SÉVÈRE QU'AUJOURD'HUI.
POUR LES SAMOURAÏS, DONT LE CODE DE L'HONNEUR SE FONDAIT SUR LE RESPECT DE CET ORDRE, L'ATTITUDE DES TAKANI PARAISSAIT COMME UNE INSULTE. MAIS AUX YEUX DES MÉDECINS D'AUJOURD'HUI, LES TAKANI REPRÉSENTENT UN IDÉAL.
C'EST SURTOUT LE TOTAL DÉVOUEMENT DE RYÛSEI TAKANI, LE PÈRE DE MEGUMI, QUI MARQUA LES ESPRITS.
DÈS QU'IL S'APERÇUT DE L'EFFICACITÉ DE LA MÉDECINE OCCIDENTALE, IL PARTIT AVEC SA FAMILLE POUR NAGASAKI AFIN D'ACQUÉRIR CES CONNAISSANCES, ET ROMPIT TOUT LIEN AVEC SON SEIGNEUR.
LES JEUNES D'AUJOURD'HUI NE PEUVENT PEUT-ÊTRE PAS IMAGINER LA GRAVITÉ D'UNE TELLE RUPTURE.
HEUUUU !...
APRÈS LA GRÂCE DU SEIGNEUR QUI PERMIT AUX TAKANI DE RETOURNER CHEZ EUX...
... LA BATAILLE D'AIZU ÉCLATA.
CE FUT L'ÉPOQUE DE LA GUERRE DE BOSHIN, À LA FIN DE L'ÈRE EDO.

LA BATAILLE D'AIZU
QUATRIÈME BATAILLE DE LA GUERRE DE BOSHIN. CETTE DERNIÈRE ÉCLATA ENTRE LE FIEF D'AIZU, QUI N'ACCEPTAIT PAS LE NOUVEAU GOUVERNEMENT, ET L'ARMÉE GOUVERNEMENTALE, QUI CONSIDÉRAIT LE FIEF D'AIZU COMME UN REPAIRE DE RÉSISTANTS. LE FIEF D'AIZU RÉUNIT TOUTES SES FORCES EN MOBILISANT LA PLUPART DE SES HABITANTS. MAIS LES COMBATTANTS FINIRENT PAR SE RÉFUGIER DANS LE CHÂTEAU D'AIZU ASSIÉGÉ PAR L'ARMÉE DU NOUVEAU GOUVERNEMENT. ILS SE RENDIRENT LE 22 SEPTEMBRE 1868.
CHARGÉ DE MAINTENIR L'ORDRE À KYÔTO, LE FIEF D'AIZU AVAIT POURCHASSÉ LES MOUVEMENTS RÉVOLUTIONNAIRES À L'AIDE DU SHINSEN-GUMI. C'EST POUR CETTE RAISON QUE LES GENS ORIGINAIRES D'AIZU ONT LONGTEMPS SUBI LES INJUSTICES DU NOUVEAU GOUVERNEMENT...
LES TAKANI PARTIRENT SUR LES CHAMPS DE BATAILLE POUR EXERCER LA MÉDECINE ET LAISSÈRENT LA PETITE MEGUMI DERRIÈRE EUX.
RÉSULTAT : LE PÈRE EST MORT SUR PLACE, ET ON A PERDU LA TRACE DE LA MÈRE ET DES DEUX FRÈRES.
DEPUIS CES TEMPS DIFFICILES, MEGUMI EST TOTALEMENT SEULE...
...

J'IMAGINE QUE LA VIE DE MEGUMI N'A PAS TOUJOURS ÉTÉ FACILE.
ELLE EST VENUE À TÔKYÔ IL Y A CINQ ANS POUR DEVENIR L'ASSISTANTE D'UN MÉDECIN DE MA CONNAIS-SANCE...
C'EST COMME ÇA QUE JE L'AI RENCONTRÉE.
COMME JE VOUS L'AI DÉJÀ DIT, CE MÉDECIN A ÉTÉ TUÉ IL Y A TROIS ANS...
... ET MEGUMI A DISPARU.
J'AIMERAIS VRAIMENT LA REVOIR. OÙ EST-ELLE ?
AU FAIT...!
C'EST VRAI ! ÇA FAIT UN MOMENT QU'ON NE L'A PAS VUE !
ZUT ! ELLE EST PEUT-ÊTRE...
IL Y A CINQ ANS, J'ÉTAIS TRÈS NAÏVE ...
LE MÉDECIN DONT J'ÉTAIS L'ASSISTANTE COLLABORAIT AVEC KANRYÛ.

KANRYÛ ACHETAIT L'OPIUM BRUT À BAS PRIX ET...
... CE MÉDECIN LE TRAITAIT. PUIS, KANRYÛ REVENDAIT LA MARCHANDISE. LEUR COLLABORATION FONCTIONNAIT...
... JUSQU'À CE QUE LE MÉDECIN INVENTE CECI...
ÇA S'APPELLE UNE "TOILE D'ARAIGNÉE". SON APPARENCE EST IDENTIQUE À CELLE DE L'OPIUM, MAIS SES COMPOSANTS SONT DIFFÉRENTS.
GRÂCE À CETTE NOUVELLE TECHNIQUE, ON CRÉE UNE DÉPENDANCE DEUX FOIS PLUS FORTE CHEZ LE CONSOMMATEUR AVEC DEUX FOIS MOINS D'OPIUM.
CE QUI PERMET DONC DE DÉGAGER QUATRE FOIS PLUS DE PROFIT.
CETTE NOUVELLE DROGUE RISQUE D'ENVAHIR TÔKYÔ EN MOINS DE 5 ANS.
AFIN DE LA PRODUIRE EN MASSE, KANRYÛ VOULUT OBTENIR LA TECHNIQUE DE FABRICATION. MAIS LE MÉDECIN PRÉFÉRAIT GARDER LE SECRET POUR CONSERVER LE MONOPOLE.
IL Y EUT UNE DISPUTE AU COURS DE LAQUELLE KANRYÛ TUA LE MÉDECIN ACCIDENTELLEMENT.
KANRYÛ ME FORÇA ALORS À FABRIQUER CETTE NOUVELLE DROGUE...
... CAR, AYANT ÉTÉ L'ASSISTANTE DU MÉDECIN, JE CONNAISSAIS SA TECHNIQUE.
QUAND J'AI DÉCOUVERT QUE LE PRODUIT QUE JE FABRIQUAIS N'ÉTAIT PAS DESTINÉ À SAUVER LES GENS...
... MAIS À LEUR FAIRE DU MAL, J'AI VOULU MOURIR...
DÔJÔ DE KENDÔ

MAIS JE N'AI PAS OSÉ.
EN RESTANT EN VIE ET EN TRAVAILLANT DANS LE MILIEU MÉDICAL...
... J'AVAIS DES CHANCES DE RETROUVER MA MÈRE ET MES FRÈRES PORTÉS DISPARUS.
C'EST POURQUOI J'AI CONTINUÉ À FABRIQUER CETTE DROGUE, PENDANT TROIS ANS.
MAIS...
... SI KANRYÛ VOUS POURSUIT, C'EST PARCE QUE PERSONNE D'AUTRE NE CONNAÎT CETTE TECHNIQUE.
HEIN ?
VOUS AVEZ VOULU LIMITER LA PRODUCTION DE CETTE "TOILE D'ARAIGNÉE"...
... EN PRENANT CETTE RESPONSABILITÉ, POUR NE PAS AVOIR À TRANSMETTRE CE SAVOIR.

AINSI, VOUS AVEZ SOUFFERT PENDANT TROIS ANS...
IL ME SEMBLE QUE...
... VOUS AVEZ PURGÉ VOTRE PEINE. VOUS POUVEZ VIVRE À NOUVEAU LIBREMENT.
KEN-SHIN...
KANRYÛ NE VOUS LÂCHERA PAS COMME ÇA.
VOUS SEREZ PLUS EN SÉCURITÉ ICI.
MAIS ...
HERK
!
N'EST-CE PAS, KAORU ?
...
WIP!

D'AC-
CORD...
JE SAIS CE QU'EST LA SOLITUDE.
SANS KENSHIN, JE SERAIS DANS LA MÊME SITUATION QUE TOI.
NOUS ALLONS RÉFLÉCHIR À UNE TACTIQUE POUR CONTRER KANRYÛ.
MAIS JE T'INTERDIS DE SÉDUIRE KENSHIN...
BLA BLA BLA
SINON IL TE FAUDRA PARTIR !
?
...
...
...BON. BESHIMI ET HYOTTOKO NE SONT PAS EN ÉTAT POUR LE MOMENT.
C'EST CELA...

ET TOI HANNYA, COMMENT VA TA BLESSURE ?
ÇA PEUT ALLER.
COMME VOUS ME L'AVIEZ DIT, IL N'EST PAS UN HOMME ORDINAIRE.
ALORS MÊME QUE JE LE FRAPPAIS, IL A RÉUSSI À M'ATTEINDRE AU FOIE...
PEUX-TU BOUGER ?
KLOM
PAS DE COMBAT PENDANT QUELQUES JOURS...
MAIS JE PEUX ESPIONNER.
TRÈS BIEN. JE VEUX TOUT SAVOIR SUR LE PASSÉ DE CET HOMME, TU AS TROIS JOURS.
ON TROUVERA SÛREMENT QUELQUE CHOSE D'INTÉRESSANT...

YAHIKO MYŌJIN
SCÈNE 20
"La raison d'agir"
伸宏
和月

* PÂTISSERIE : BOULETTE DE RIZ ENROBÉE DE PÂTE DE HARICOT ROUGE SUCRÉE.

C'EST DÉLICIEUX !
MERCI.
MIAM
MUNCH
MIAM
MIAM
MIAM
MIAM
MUNCH
MIAM
MIAM
MAIS LES OHAGI, ÇA NE SE RATE PAS !
ET POURTANT...
UN JOUR KAORU EN A FAIT... C'ÉTAIENT DE VRAIES BOULETTES DE BOUE !
TU VAS TE TAIRE...
KENSHIN
CETTE FILLE EST D'UNE VIOLENCE...
OYOOO!
QUITTE-LA ET RESTE AVEC MOI...
K.O.

MEE EEE- GUU UUU- Miiiii...
HE
POM
...
TU CROIS QUE JE NE VOIS PAS TES MANIGANCES ?!
JE T'AVAIS POURTANT PRÉVENUE !
CHACUN EST LIBRE D'AIMER QUI IL VEUT.
GRR
TOC
TON ATTITUDE PROUVE QUE TU N'AS PAS CONFIANCE EN TOI.
GHii
TOC
AVANT D'ÊTRE JALOUSE, ESSAIE DONC DE FAIRE DES OHAGI AUSSI BONS QUE LES MIENS.
HAHAHA
POM
POM
SNIFF... JE NE PEUX MÊME PAS RÉPLIQUER...
...
J'IMAGINAIS QU'ELLE DEVIENDRAIT PLUS FÉMININE AVEC L'ARRIVÉE DE MEGUMI, MAIS ELLE NE CHANGE PAS.
MIAM MIAM
ELLE EST QUAND MÊME PLUS VIVE ET PLUS GAIE QU'AVANT.

C'EST TRÈS BIEN, NON ?
PAS DU TOUT !
GRRRR
VOUS FAITES DES SCÈNES DÈS LE MATIN ?
OH, SANO !
SELON L'ANALYSE DU MÉDECIN ...
... CETTE POUDRE EST BIEN LE NOUVEL OPIUM.
HUM...
VOUS N'AVEZ PAS ENCORE DÉJEUNÉ, JE SUPPOSE ?
MOI, JE N'EN VEUX PAS...
LA CUISINE DE CETTE TRAFIQUANTE A L'AIR ENCORE PIRE QUE CELLE DE KAORU.

...!
J'AI PASSÉ UNE NUIT BLANCHE ...
JE VAIS ME COUCHER. RÉVEILLEZ-MOI À MIDI.
ATTENDS UN PEU !
QU'EST-CE QUE TU VIENS DE DIRE ?
GRRR
DU CALME ...
NE FAITES PAS ATTENTION À CE QU'IL A DIT, MEGUMI.
SANOOO !!!
IL A DÉCOUVERT QUE VOUS FABRIQUIEZ L'OPIUM, MAIS S'IL CONNAISSAIT VOTRE PASSÉ...
... IL NE POURRAIT PLUS VOUS ACCUSER.
EN PLUS, NOUS N'AVONS AUCUNE NOUVELLE DE KANRYÛ DEPUIS UNE SEMAINE...
IL NE SAIT PLUS SUR QUI REPORTER SA COLÈRE...
C'EST PROBABLEMENT POUR CETTE RAISON QU'IL EST AUSSI ÉNERVÉ.

LAISSONS-LE SEUL UN MOMENT...
FROT FROT FROT FROT
...
FROT FROT
LA TRAFIQUANTE...
BONJOUR !
!
JE SUIS UN LIBRAIRE AMBULANT...
WIIIM
VOUS ALLEZ BIEN ?
J'AI BEAUCOUP DE NOUVEAUX LIVRES AUJOURD'HUI.
PAF
EUH...
JE VOUS VOIS TOUS LES JOURS. VOUS HABITEZ LÀ, À PRÉSENT ?
EUH... PROVISOIRE-MENT...
C'EST BIEN...

C'EST MÊME EXCELLENT !!
!
OUMPF !
SILENCE... SINON JE BALANCE ÇA DANS LE PUITS.
PLOP
DU MERCURE !
TAKEDA SOUHAITE S'ENTRE-TENIR AVEC VOUS...
IL DIT QU'IL NE VOUS VEUT AUCUN MAL...
SI ON ALLAIT FAIRE UN TOUR...
...!!

SHAK
QU'EST-CE QUE VOUS VOULEZ ?
INUTILE DE M'EXPLIQUER...
JE VEUX SIMPLEMENT QUE VOUS REVENIEZ.
ET VOUS PENSEZ QUE JE VAIS DIRE OUI, COMME ÇA ?! JE PRÉFÈRE MOURIR...
... PLUTÔT QUE DE REVENIR CHEZ VOUS !
SHHH
TRÈS BIEN...

* CE PROVERBE DE SAMOURAÏ ÉVOQUE UN TEMPÉRAMENT IMPATIENT.

QUELLES QUE SOIENT VOS RAISONS, C'EST VOUS QUI AVEZ FABRIQUÉ L'OPIUM MORTEL. VOILÀ LA VÉRITÉ...
SI UN JOUR, PAR CHANCE, VOUS RETROUVEZ LES VÔTRES, ET S'ILS APPRENNENT CE QUE VOUS AVEZ FAIT, QUE VONT-ILS PENSER ?
...
IL EST TROP TARD POUR FUIR...
RIEN NE PEUT NOUS SÉPARER, VOUS, L'OPIUM ET MOI.
ZIP
CE SERA COMME ÇA...
... À TOUT JAMAIS.
MON PLAN D'ATTAQUE CONTRE LE DÔJÔ EST PRÉVU POUR MINUIT.
RÉFLÉCHISSEZ BIEN PENDANT LE TEMPS QU'IL VOUS RESTE.
À PLUS TARD...

JE DOUTE QU'ELLE REVIENNE.
ET MÊME SI C'ÉTAIT LE CAS...
MAINTENANT QUE NOUS AVONS IDENTIFIÉ L'HOMME À LA CICATRICE COMME ÉTANT L'ASSASSIN LÉGENDAIRE "BATTOSAÏ HIMURA"...
IL VA NOUS FALLOIR ÊTRE TRÈS PRUDENTS.
SI MEGUMI TAKANI LES QUITTE DE SON PLEIN GRÉ...
... BATTOSAÏ N'AURA AUCUNE RAISON D'AGIR CONTRE NOUS.
HÉHÉ
HÉ HÉ
UNE RAISON D'AGIR...
JE NE PEUX PLUS FUIR...
DOM
... NI KANRYÛ ...
... NI L'OPIUM, JE SERAI À JAMAIS ...
... LA TRAFIQUANTE...

BONJOUR, C'EST WATSUKI ! À PROPOS DU COURRIER DES LECTEURS, JE REÇOIS DEPUIS PEU DE PLUS EN PLUS DE LETTRES MASCULINES, CE QUI ME PARAÎT NORMAL POUR UN MANGA PARAISSANT DANS UN MAGAZINE DESTINÉ AUX GARÇONS. CEPENDANT, 70 % DES LETTRES SONT ENVOYÉES PAR DES LECTRICES. JE SUIS EN TRAIN DE M'ORGANISER POUR RÉPONDRE AU PLUS DE LETTRES POSSIBLE, MERCI DE PATIENTER... JE PRÉSENTE NOTAMMENT TOUTES MES EXCUSES À CEUX QUI ONT DÉJÀ ÉCRIT PLUSIEURS FOIS...

- WATSUKI.

«VEUILLEZ M'EXCUSER D'ÊTRE PARTIE SANS PRÉVENIR...
PLOP
MEGUMI TAKANI
LES HOMMES DE KANRYÛ SEMBLENT S'ÊTRE CALMÉS POUR LE MOMENT, JE PARS POUR AIZU...
JE VOUS REMERCIE DE TOUT CŒUR POUR CES DIX JOURS PASSÉS AVEC VOUS.
CORDIALEMENT...
EGUMI AKANI.»
JE NE M'Y ATTENDAIS PAS...
ZUT !
KEN-SHIN ?!
PERSONNE NE L'ATTEND À AIZU...
KANRYÛ A DÛ LA CONTACTER À NOTRE INSU EN LA MENAÇANT !!
VOUS SAVEZ OÙ EST LA RÉSIDENCE DE KANRYÛ, SANO ?!
ALORS ALLONS-Y !

TU Y VAS.
SANO-SUKÉ ?!
JE N'AI AUCUNE RAISON DE FAIRE QUOI QUE CE SOIT POUR CETTE TRAFIQUANTE.
DEPUIS QUAND DIS-TU DES CHOSES AUSSI HORRIBLES ?!
KSHA

ÇA SUFFIT, SANO.
CE N'EST PAS TON GENRE DE RÉAGIR AINSI.
...
ÇA M'EST ÉGAL !
L'OPIUM FABRIQUÉ PAR CETTE FEMME A TUÉ MON POTE !
JE NE VOIS AUCUNE RAISON D'AGIR POUR ELLE !
JE NE SUIS PAS AUSSI GÉNÉREUX QUE TOI !
JE NE SUIS PAS UN VAGABOND, COMME TOI !!

TU N'AS RIEN COMPRIS À MEGUMI.
ELLE PARAÎT TRÈS FORTE, N'EST-CE PAS ? ET POURTANT...
!
HÉ, TOI !
... SON REGARD EST CHARGÉ DE TRISTESSE.
UN REGARD D'ANIMAL TRAQUÉ ET ABANDONNÉ...
DIS À KANRYÛ...
... QUE MEGUMI TAKANI VIENT D'ARRIVER.
... ELLE CHERCHE DE VRAIS AMIS POUR REMPLACER SA FAMILLE.
MEGUMI A BESOIN D'AIDE...
MA RAISON D'AGIR EST AUSSI SIMPLE QUE CELA.

...
JE VIENS AVEC TOI, KENSHIN !
TSKK
TU VAS LE GÊNER PLUTÔT QU'AUTRE CHOSE !
CLAP
YAHI-KO !
LÂCHE-MOI ! CETTE FEMME M'A SAUVÉ LA VIE !
HARR
JE VEUX LUI PORTER SECOURS À MON TOUR !
TEL EST L'ENSEIGNEMENT DE L'ÉCOLE DE L'ESPRIT VIVANT !
...
TAPTAPTARTAP
IL EST DEVENU UN VRAI KENDÔKA...
... ET JE NE M'EN ÉTAIS MÊME PAS APERÇUE...
TAP

JE SENS QU'O
VA SE BATTR
TOUTE LA
NUIT.
N'OUBLIE PAS DE PRÉPARER LE PETIT DÉJEUNER ET LE BAIN POUR CINQ, DEMAIN.
SANO-SUKÉ !
FINIS LES PRÉTEXTES
JE VAIS ME BATTRE À MA MANIÈRE !
BIEN...
EN ROUTE !!

伸宏
和月
UOOOOH
C'EST ÇA, LA RÉSIDENCE DE KANRYÛ ?
SCÈNE 21 • "La tempête"

OU
JE DÉTESTE CE GENRE DE BÂTISSE.
COMMENT VA-T-ON L'ATTAQUER ?
L'ASSAUT EN NOMBRE RESTREINT IMPLIQUE LA RAPIDITÉ D'ACTION. APRÈS LA PORTE PRINCIPALE, IL FAUDRA FONCER JUSQU'AU VESTIBULE.
LES GARDES DE LA PORTE SERONT DÉJÀ ASSOMMÉS.
C'EST UNE ATTAQUE DE FRONT. TRÈS BIEN.
SANO-SUKÉ...
NE T'ATTARDE SURTOUT PAS !
POM
POM
...
EN AVANT !!

QU'EST-CE QUE C'EST ?
?!

BIENVENUE À LA MAISON, MEGUMI.
HE
JE SAVAIS QUE VOUS REVIENDRIEZ ...
C'EST LE SEUL ENDROIT QU'IL VOUS RESTE.
À PROPOS, LE STOCK DE "TOILES D'ARAIGNÉE" SERA BIENTÔT ÉPUISÉ.
POUVEZ-VOUS VOUS Y METTRE DÈS À PRÉSENT ?
...
HUM... VOUS NE ME FACILITEZ PAS LA TÂCHE.
TAP
TAP
VOUS ÊTES TELLEMENT DÉSOBÉIS-SANTE...

J'AI POURTANT BEAUCOUP D'AFFECTION POUR VOUS.
WOP
VOUS VOUS INTÉRESSEZ AUX BÉNÉFICES DE L'OPIUM QUE JE FABRIQUE.
EN EFFET ...
C'EST POURQUOI JE VOUS SUIS TELLEMENT ATTACHÉ.
JE VOIS... MAIS JE NE SUIS PAS REVENUE POUR TRAVAILLER...
PARDON ?
JE SUIS REVENUE...
... POUR TUER KANRYÛ TAKEDA.

BAM
HIII !
NE T'INQUIÈTE PAS. MES JOURS PRENDRONT FIN...
... JUSTE APRÈS TA MORT.
COMME JE TE L'AI DÉJÀ DIT, JE PRÉFÈRE MOURIR PLUTÔT QUE DE TRAVAILLER POUR TOI.
...
TAP
TAP
JE N'AI PLUS ENVIE DE VIVRE EN COMMETTANT DE TELS CRIMES.
NOUS IRONS EN ENFER ENSEMBLE...
C'EST LE MOINS QUE L'ON PUISSE FAIRE, POUR RÉPARER NOS FAUTES...
...
HIYAA !

?!
MON COU-TEAU...
ÇA SUFFIT...
!!
HA Hi
HAAAA
Hiii
HA
QU...
ESPÈCE DE...
... SALE GARCE !!

POUR NE PAS COMMETTRE LA MÊME ERREUR QU'AVEC LE MÉDECIN PRÉCÉDENT, JE T'AI BIEN TRAITÉE...
BOM BOM BOM
MAIS TU EN PRO-FITES !!
ET TU OSES...
... TE JOUER DE MOI !!
BAM
HUF
HUF
HUF
APPELLE MES HOMMES, JE VAIS LA TORTURER ! JE **VEUX** CETTE TECHNIQUE DE FABRICATION !
ILS SONT TOUS OCCUPÉS, SEULE L'IN-FANTERIE EST DISPO-NIBLE.
QUOI ?
ÉCOUTE BIEN...

!
LE SIFFLET D'URGENCE !
C'EST LUI...
İL EST VENU !
WOO-AAA-AAA-AA !!

BOOM
QUELLE RAPIDITÉ ! QUI EST-IL ?
HOOOOW
HOW
HOW
C'EST UN DÉMON ?
HÉ HO !
CONCENTREZ-VOUS...

... OU VOUS ALLEZ SOUFFRIR !!
SANOSUKÉ !!
NE PERDS PAS TON TEMPS !!
IL SE RÉPÈTE, CE PETIT...
RIACE !

ILS SONT FORTS...
CES DEUX-LÀ SONT TROP FORTS !!
ON EST TROIS, IMBÉCILE !!
DA DA DA DA
LA DIVISION DES SABREURS ET LES YAKUZA SONT PRESQUE ANÉANTIS...

DIVISION DES TIREURS D'ÉLITE !
EN POSITION !!
FEU !
GYA !
GHii
ARH !!
GHRR !!
Hiii !

JE DÉCOUVRE UN PEU TARDIVEMENT LE JEU "SAMOURAÏ SPIRIT". J'AI MÊME ACHETÉ LA CONSOLE NEO GEO. POURTANT JE NE SUIS PAS UN PASSIONNÉ DE JEUX VIDÉO. D'AILLEURS, JE NE SUIS ALLÉ DANS DES SALLES QUE CINQ FOIS DANS MA VIE. SI JE JOUE AUJOURD'HUI, C'EST À CAUSE DE MES ASSISTANTS. JE NE SUIS PAS TRÈS BON, D'AILLEURS. MON PERSONNAGE FÉTICHE, HAÔ-MARU, N'ARRÊTE PAS DE MOURIR EN MODE "EASY". JE NE PROGRESSE PAS PARCE QUE JE N'AI QU'UNE OU DEUX HEURES PAR SEMAINE À Y CONSACRER. AU MOMENT OÙ J'ÉCRIS CES MOTS, JE N'AI PAS ENCORE ACHETÉ "SAMOURAÏ SPIRIT 2", MAIS LORSQUE VOUS LIREZ CES LIGNES, KISHIN GENJÛRÔ AURA ÉTÉ VAINCU PLUSIEURS FOIS !

ET TOUTES MES EXCUSES À CEUX QUI NE S'INTÉRESSENT PAS AUX JEUX VIDÉO...

WATSUKI

伸宏和月

SANO !
YAHIKO !!
!
SAUTE, YAHIKO !
Wip!
À TOI DE JOUER !
ET TRAVAILLE BIEN !!
!!!

QUOI ?!
YAH !
BOM
GH !
GRR
CLAC
MAIS...
KLAK
... CE GOSSE ! ...
BA
HEIN ?
CLAP
CLAP
C'EST CE QUE VOUS CHERCHEZ, NON ?
CLAC
AH
AH
AH
RHAA ?!
JE N'AURAIS JAMAIS IMAGINÉ QUE MON EXPÉRIENCE DE VOLEUR À LA TIRE SERAIT UTILE ICI !
EUH
EUH

BAM
HERK
HAAAAA
CRÉTIN !
C'EST POUR DE FAUX !
JE SUIS KENDÔKA !
HUF
JE NE ME SERS PAS DE PISTOLET...
HUF
HUF
ESPÈCE DE PETIT MONSTRE !
JE VAIS TE FAIRE TAIRE !!

ÇA VA, YAHIKO ?
HUF
PARCE QUE CE N'EST QU'UN DÉBUT.
HUF HUF HUF HUF HUF
BIEN SÛR QUE ÇA VA !
J'IRAI JUSQU'AU BOUT !
HA HA
BIEN...
C'EST LE BON ÉTAT D'ESPRIT.
NE PERDS PAS TON TEMPS, YAHIKO.
IMBÉCILE !!
TOUT À L'HEURE, TU M'AS BALANCÉ COMME UNE VIEILLE CHAUSSETTE !
JE FAIS DE TOI UN HOMME. REMERCIE-MOI, PLUTÔT.
JE NE COMPRENDS PAS...
POURQUOI BATTOSAÏ HIMURA ...?
QU'ATTEND-IL DE MEGUMI TAKANI ?!

IL N'AGIT PAS PAR PROFIT...
SINON IL AURAIT DÉJÀ ACCEPTÉ DES POSTES PRESTIGIEUX DANS L'ARMÉE.
!
UN HOMME D'AFFAIRES TEL QUE TOI NE PEUT PAS COMPRENDRE.
LES PATRIOTES ÉTAIENT TOUS DÉVOUÉS À LEURS IDÉAUX.
BIEN QUE LA PLUPART D'ENTRE EUX SOIENT AUJOURD'HUI CORROMPUS...
... CET HOMME SEMBLE AVOIR GARDÉ L'ESPRIT DE JADIS.
UN VRAI PATRIOTE VIENT D'APPARAÎTRE !
ET IL EST À NOUS, À PRÉSENT !!

KENSHIN LE VAGABOND
CHRONIQUE D'UN EXPERT EN SABRE À L'ÈRE MEIJI

SCÈNE 22
"L'invasion de la résidence de Kanryû"
伸宏
和月

PAS... PAS QUESTION ...
JE NE RISQUERAI PAS MA VIE AVEC CET ASSASSIN LÉGENDAIRE...!!
NE DIS PAS ÇA...
NOUS VOULONS NOUS BATTRE CONTRE LUI.
TAP
!
QU'EST-CE QU'IL Y A, KENSHIN ?

KAN-
RYÛ !!
Hiii !

IL EST TEMPS D'EN FINIR, KANRYÛ TAKEDA !
GGR...
DESCENDS AVEC MLLE MEGUMI.
...!!
Hi...
Hi Hi...
Hi Hi Hi !
Quoi ?
IL EST DEVENU FOU ?
HA HA HA !
HA HA HA HA !!
...

FORMIDABLE ! VOUS AVEZ VAINCU 50 HOMMES EN UN TEMPS RECORD !
POOOM
VOUS ÊTES DIGNE DE VOTRE RÉPUTATION, BATTOSAÏ HIMURA !!
IL CONNAÎT LE PASSÉ DE KEN-SHIN...
C'EST L'ONIWABAN SHÛ QUI A ENQUÊTÉ...
SPLENDIDE ! VOUS ME PLAISEZ !
J'AURAI LA MEILLEURE GARDE DU PAYS, SI VOUS REJOIGNEZ MES ONIWABAN SHÛ !!
JE VOUS PAYERAI LE SALAIRE DE 50 HOMMES !
ACCEPTEZ-VOUS CETTE OFFRE ?!

TU DESCENDS OUI OU NON ?
DÉPÊCHE-TOI, JE N'AI PAS QUE ÇA À FAIRE.
...!!
LE SALAIRE DE 100 HOMMES !
ZIP
ZIP
200 HOMMES !
TU N'AS PAS ENCORE COMPRIS QUE C'ÉTAIT INUTILE ?
CE N'EST PAS LE GENRE À CHANGER D'AVIS POUR DE L'ARGENT.

D'ACCORD ! VOUS AVEZ GAGNÉ, JE ME RENDS...
ET JE VOUS RENDS MEGUMI TAKANI !
...
BON !
?!
TA PAROLE N'EST PAS CRÉDIBLE, PAUVRE CRÉTIN !
MAIS DONNEZ-MOI UNE HEURE POUR ME PRÉPARER !
JE VOUS PROMETS DE VOUS LA REMETTRE DANS UNE HEURE !
S'IL VOUS PLAÎT !!
!

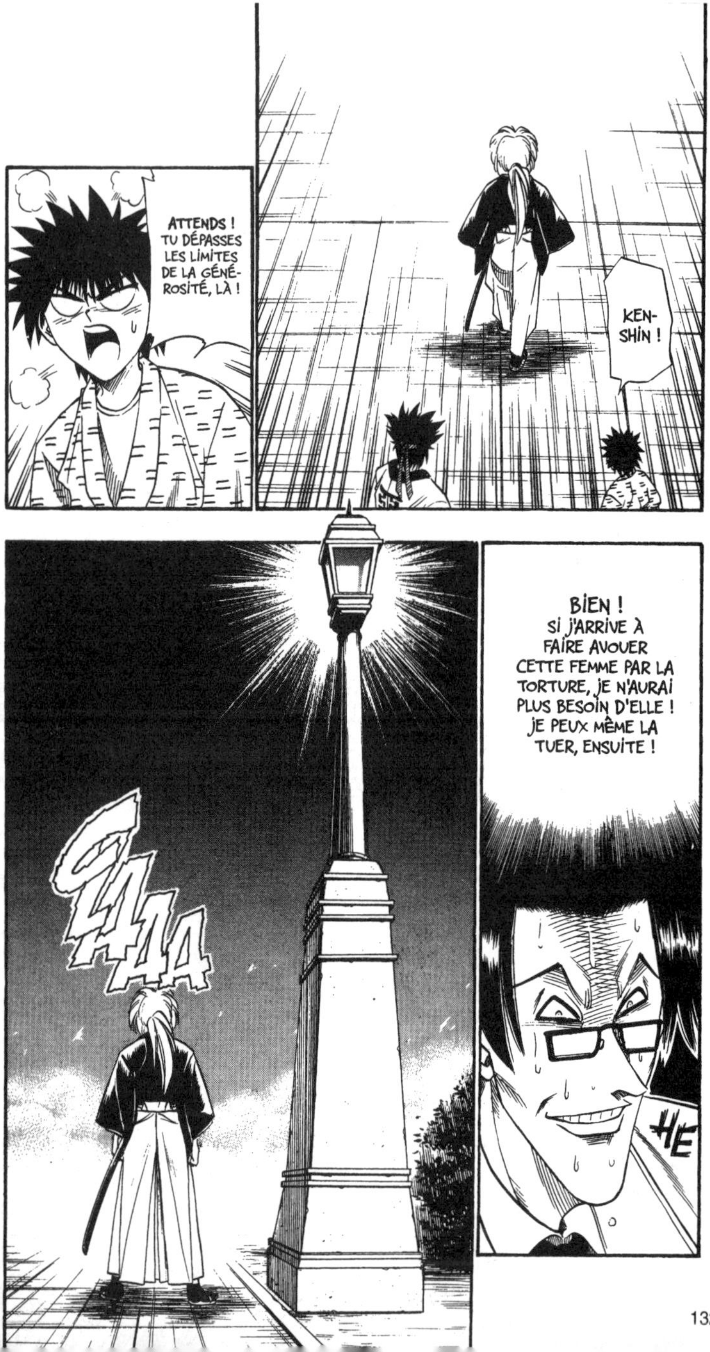
KEN-SHIN !
ATTENDS ! TU DÉPASSES LES LIMITES DE LA GÉNÉ-ROSITÉ, LÀ !
BIEN ! SI J'ARRIVE À FAIRE AVOUER CETTE FEMME PAR LA TORTURE, JE N'AURAI PLUS BESOIN D'ELLE ! JE PEUX MÊME LA TUER, ENSUITE !
HE
GAAA

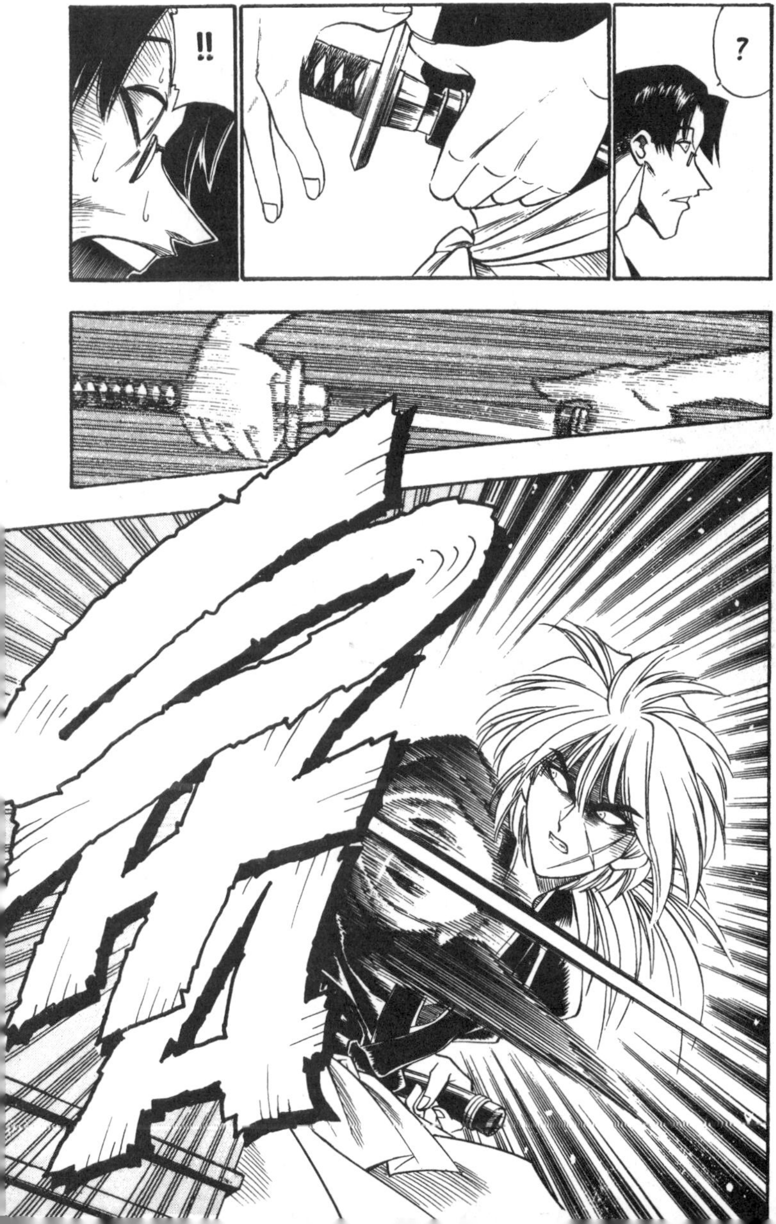

YAAK !

JE REVIENS DANS UNE HEURE !!
PRÉPARE-TOI, KANRYÛ !!
IL N'AIME PAS LES ARNAQUES...
C'EST UN PASSIONNÉ, EN EFFET.
METS LES ONIWABAN SHÛ À MA DISPOSITION...
C'EST DÉJÀ FAIT.
J'AI POSITIONNÉ MES SUBORDONNÉS DANS LE GRAND COULOIR, ET DEVANT L'ESCALIER EN FACE DE L'ENTRÉE.
2ÈME ÉTAGE
1ER ÉTAGE
SALLE DE DANSE
NOUS SOMMES ICI
REZ-DE-CHAUSSÉE
GRAND COULOIR
JE SERAI DANS LA SALLE DE DANSE, FACE À L'ESCALIER.

ÉCOUTE, JE NE VEUX PLUS DE SOLDATS INUTILES COMME BESHIMI OU HYOTTOKO !
JE NE TOLÉRERAI PLUS AUCUN DE CES BONS À RIEN TROP BIEN PAYÉS !!
QU'EST-CE QUE ÇA VEUT DIRE ?!
EXPLIQUE-TOI...
!
NE TE TROMPE PAS. CE N'EST PAS TOI QUI COMMANDES ...
... LES ONI-WABAN SHÛ.
Wiip
JE SUIS LEUR CHEF...
PERSONNE NE PEUT INSULTER UN SEUL DE MES HOMMES !

...
REVENONS AU PLAN. ÌLS VEULENT MEGUMÌ TAKANÌ...
NOUS ALLONS L'ENFERMER DANS LA SALLE PANO-RAMÌQUE, AU 3ème ÉTAGE.
QUANT À TOI, NE TE MÊLE PLUS DE ÇA.
...
AH...
HA!
!
DOOOOH

TU T'ES RÉVEILLÉE...
OÙ SUIS-JE ?
LA SALLE PANORAMIQUE ?! MAIS ...
LES HOMMES DU DÔJÔ KAMIYA SONT VENUS TE RÉCUPÉRER.
IMPOSSIBLE...
SI. L'ARMÉE PRIVÉE DE KANRYÛ A ÉTÉ TOTALEMENT DÉTRUITE.
LES IMBÉCILES ...
JE SUIS PARTIE POUR LES LAISSER HORS DE TOUT ÇA... POURQUOI SONT-ILS...?

CES GENS DU DÔJÔ KAMIYA...
... SONT VRAIMENT TROP NAÏFS...
KLAK
!
CLAC
C'EST TON COUTEAU ...
JE TE LE RENDS.
MAIS NE RÊVE PAS TROP, ILS NE POURRONT PAS ARRIVER JUSQU'ICI.
CE QUI T'ATTEND DANS UNE HEURE N'EST PAS UN SAUVETAGE, MAIS LA TORTURE DE KANRYÛ.
JE TE DONNE LE CHOIX...
... ENTRE UNE HEURE EN ENFER, OU UNE MORT SEREINE.

JE ME FICHE DE L'OPIUM OU DE L'ARGENT QUE VÉNÈRE KANRYŪ...
CE QUE NOUS VOULONS, NOUS LES HOMMES D'ONIWABAN SHŪ, C'EST COMBATTRE.
CE QU'ON CHERCHAIT CHEZ KANRYŪ, C'ÉTAIT LES COMBATS DUS AU TRAFIC D'OPIUM...
... MAIS GRÂCE À TOI, NOUS AVONS TROUVER L'ADVERSAIRE IDÉAL.
POUR TE REMERCIER, JE TE RENDS ÇA.
JE RESSENS UNE CERTAINE COMPASSION POUR TA VIE MALHEUREUSE ...
MAIS CELA NE ME CONCERNE PLUS.
BLAM

LES ONIWABAN SHÛ NOUS ATTENDENT DERRIÈRE CETTE PORTE.
CONCENTRONS-NOUS BIEN !
EN AVANT !!
RESTE À TA PLACE, TOI.

!!
QUELLE SURPRISE...
UN HOMME AUSSI FORT QUE TOI MÉRITE DE PASSER EN PREMIER.
JE T'AVAIS BIEN DIT...
... QU'ON FINIRAIT PAR SE BATTRE, UN JOUR OU L'AUTRE.

KENSHIN LE VAGABOND
CHRONIQUE D'UN EXPERT EN SABRE À L'ÈRE MEIJI

SIX MOIS AVANT LA PARUTION DE L'INÉDIT DE LA FIN DU VOLUME I, CET ÉPISODE EST PARU DANS UN NUMÉRO SUPPLÉMENTAIRE DE «SHÔNEN JUMP». SI L'INÉDIT ÉTAIT UN ÉPISODE EXCLUSIF, CELUI QUE VOUS ALLEZ DÉCOUVRIR CORRESPOND PLUS À UN PILOTE POUR LA TÉLÉVISION OU LE CINÉMA. LES DÉTAILS DU SCÉNARIO SONT EN EFFET TRÈS DIFFÉRENTS DE CEUX DE LA VERSION NORMALE. COMME VOUS POURREZ LE REMARQUER, IL SERVIRA DE BASE À LA SÉRIE DES "MEGUMI". MAIS DANS CET ÉPISODE, MEGUMI, KAORU ET YAHIKO SONT FRÈRES ET SŒURS, ET LE CARACTÈRE DE MEGUMI EST TOTALEMENT DIFFÉRENT.

JE PEUX VOUS DIRE MAINTENANT QUE CET ÉPISODE A ÉTÉ CRÉÉ MALGRÉ MOI. MON PREMIER MANGA ÉTAIT UNIQUEMENT HISTORIQUE. MAIS MALGRÉ SON SUCCÈS AUPRÈS DU PUBLIC, JE VOULAIS QUE MA DEUXIÈME ŒUVRE SOIT PLUS CONTEMPORAINE. J'ÉTAIS DÉCOURAGÉ PAR LES DIFFICULTÉS QU'IMPOSE UN CADRE HISTORIQUE. MAIS MON ÉDITEUR M'A DONNÉ LE CONSEIL SUIVANT : "PUISQUE TU AS EU DU SUCCÈS DANS UN GENRE QUI N'EST PAS CELUI DES AUTRES JEUNES MANGAKA, IL VAUT MIEUX FAIRE UN AUTRE MANGA HISTORIQUE. TU POURRAS CRÉER DES SUITES, EN CAS DE SUCCÈS". C'EST AINSI QU'EST NÉ "LE VAGABOND". JE ME SUIS DONNÉ BEAUCOUP DE MAL POUR CRÉER UN MANGA MÊLANT DES ÉVÉNEMENTS DE LA FIN DE L'ÉPOQUE EDO (PENDANT LAQUELLE SE DÉROULE "LE SABRE BRÛLANT", MA BIBLE) À D'AUTRES DE L'ÈRE MEIJI (TIRÉS DE "SANSHIRÔ SUGATA"). LE TITRE A ÉVOLUÉ AVEC LE DÉROULEMENT DE L'HISTOIRE DU "KENDÔKA À DEUX CŒURS" : IL EST PASSÉ DE "KENSHIN, UN HOMME À TOUT FAIRE" À "KENSHIN LE VAGABOND ", PUIS DE "VAGABOND" AU "VAGABOND - CHRONIQUE D'UN EXPERT EN SABRE À L'ÈRE MEIJI". J'AI MÊME PASSÉ HUIT MOIS À TERMINER LE MANGA DE 45 PAGES. MALGRÉ TOUS CES EFFORTS, IL A ÉTÉ REFUSÉ PAR LE COMITÉ DE RÉDACTION DU MAGAZINE. C'EST POUR CES RAISONS QUE CE MANGA SIGNIFIE BEAUCOUP POUR MOI. IL EST DEVENU, APRÈS UN AN ET DEMI DE MATURATION, "KENSHIN LE VAGABOND". À CETTE OCCASION, JE REMERCIE DE NOUVEAU TOUS SES LECTEURS...

À L'ÉPOQUE TOURMENTÉE DE LA FIN DE L'ÈRE EDO...
... EXISTAIT À KYÔTO UN PATRIOTE APPELÉ BATTOSAÏ L'ASSASSIN.
CET HOMME, UN TUEUR SANS ÉGAL...
... DISPARUT DÈS LA PROCLAMATION DE LA PAIX...
LE TEMPS PASSA... POURTANT, EN 1878...
... À TÔKYÔ ...
ATTENDEZ UN PEU...
BLA BLA BLA BLA BLA
JE SUIS UN EX-SAMOURAÏ ...
HE HE
C'EST POUR CELA QUE JE PORTE UN SABRE.
UN SAMOURAÏ NE PEUT PLUS EXISTER À L'ÈRE MEIJI ! TU IGNORES L'INTERDICTION DE PORT D'ARME ?!
DAM
OYO ?
KENSHIN LE VAGABOND
CHRONIQUE D'UN EXPERT EN SABRE À L'ÈRE MEIJI

KENSHIN LE VAGABOND

CHRONIQUE D'UN EXPERT EN SABRE À L'ÈRE MEIJI

BONUS DE FIN DU VOLUME

L'INTERDICTION DE PORT D'ARME NE PERMET PAS LE PORT D'UN SABRE !
JE T'ARRÊTE POUR VIOLATION DE LA LOI !
VEUILLEZ M'EXCUSER...
HEIN ?
ATTENDS !!
ON NE PEUT PLUS ÊTRE SAMOURAÏ 10 ANS APRÈS LA RESTAURATION DE MEIJI.
ENCORE UN ÉGARÉ QUI N'ARRIVE PAS S'ADAPTER...
...
OÙ TE CACHES-TU ?!
IL EST TÊTU...
BOUH !

HURK
OUF, CE N'EST QU'UN GOSSE !
HUF
HUF
JE NE SUIS PAS UN GOSSE. MON NOM EST YAHIKO KAMIYA !
D'ACCORD, MAIS TAIS-TOI.
QU'EST-CE QUE TU VEUX ?
COMBIEN TU ME LOUES TON SABRE ?
MON SABRE ?! POUR QUOI FAIRE ?
POUR TUER QUELQU'UN, BIEN SÛR !
JE DOIS ABSOLUMENT TUER UN HOMME !!
POURQUOI TU FAIS CETTE TÊTE ?!
JE SUIS TRÈS SÉRIEUX !
...
CLAC
JE SUIS DÉSOLÉ, PETIT...
EN FAIT, ON NE PEUT TUER PERSONNE AVEC CE SABRE.
IL EST EN BOIS ?
NON. MAIS IL N'EST PAS DESTINÉ À TUER LES HOMMES.

IL Y A SÛREMENT UNE AUTR SOLUTION RACONTE MOI TES PROBLÈME ...
JE PEUX PEUT-ÊTRE T'AIDER.
JE N'AI PAS BESOIN DE TON AIDE.
TAP
TAP
DU CALME, PETIT. RACONTE-MOI TOUT.
JE N'AI PAS BESOIN DE TOI !
JE DOIS ME DÉBROUILLER SEUL !!
JE TE TIENS !!
OYO
ON NE ME LA FAIT PAS !
ÇA CHAUFFE ICI !
AMÈNE-MOI CHEZ TOI.
LÂCHE-MOI !
TATA TATA
C'EST DONC CHEZ TOI.
DÉSOLÉ D'HABITER DANS CETTE BICOQUE !

MAIS MA FAMILLE POSSÉDAIT JADIS UN DÔJÔ DE KENDÔ.
SI SEULEMENT MON PÈRE, DEUXIÈME KENDÔKA DU JAPON, N'ÉTAIT PAS MORT ...
HÉ HÉ
OH, VOUS ÊTES LA SŒUR DU PETIT... JE M'APPELLE ...
DAW
!
QU'EST-CE QUI SE PASSE ICI ?!
OYO !
GHYA !

MA GRANDE SŒUR MEGUMI RESTERA ICI, QUOI QU'IL ARRIVE !
TRANSMET ÇA À NISHIWAKI !
QU... QU'EST-CE QU'IL Y A, KAORU ?
A... ARRÊTE, KAORU !
RECULE-TOI, IL PORTE UN SABRE !
AÏE !
C'EST UN HOMME DE NISHIWAKI !
IL N'A PAS L'AIR COSTAUD ...
GGH ...
EXCUSEZ L'ERREUR DE MA SŒUR...
CE N'EST PAS GRAVE. VOTRE SŒUR EST UN BON KENDÔKA.
C'EST VOTRE PÈRE QUI VOUS A ENSEIGNÉ LE SABRE ?
HEIN ?
LE PETIT M'A DIT QU'IL ÉTAIT LE DEUXIÈME KENDÔKA DU JAPON...

EH BIEN... C'ÉTAIT LE MAÎTRE DE L'ÉCOLE DE L'ESPRIT VIVANT KAMIYA...
MAIS JE NE SAIS PAS S'IL ÉTAIT SI FORT...
HEIN ...?
TU MENS ! PAPA ÉTAIT TRÈS FORT !
C'ÉTAIT LE DEUXIÈME APRÈS "BATTOSAÏ, L'ASSASSIN" !!
BA
BUP
SLURK
TU AS RAISON, YAHIKO. EXCUSE-MOI.
YAHIKO N'A PAS APPRIS LE KENDÔ DE SON PÈRE...
... CAR IL EST MORT À LA GUERRE DE SEINAN.
VOILÀ POURQUOI YAHIKO CROIT QUE SON PÈRE ÉTAIT SI FORT...
PAR RESPECT POUR LUI.

IL PARAÎT QUE BATTOSAÏ L'ASSASSIN ÉTAIT UN PATRIOTE À LA FIN DE L'ÈRE EDO, COMME NOTRE PÈRE.
IL DISAIT SOUVENT QUE CE BATTOSAÏ DEVAIT ÊTRE VÉNÉRÉ, GRÂCE À SA FORCE.
CECI EXPLIQUE CE QUE DIT LE PETIT...
BATTOSAÏ L'ASSASSIN ...
ON DIT QU'IL VIENT DE L'ÉCOLE HITEN MITSURUGI, OÙ L'ON APPREND À TUER 3 HOMMES D'UN COUP...
MAIS J'EN DOUTE, CAR CETTE ÉCOLE A DISPARU AU MOYEN ÂGE...
PARLEZ-MOI D'UN CERTAIN NISHIWAKI ...
EH BIEN...
BOM
ÇA NE TE REGARDE PAS !!
...
JE SUIS DÉSOLÉE DE T'AVOIR FRAPPÉ PAR ERREUR...
MAIS C'EST UN PROBLÈME DE FAMILLE !
EUH
EUH
EUH
DOM
QUI QUE TU SOIS, ÇA NE TE CONCERNE PAS !!

↓ INNOCENT, EN PLUS...
JE NE SUIS QU'UN SIMPLE VAGABOND ...
POP
JE VEUX QUE TU PARTES TOUT DE SUITE !!
VOUS AVEZ UN SACRÉ CARACTÈRE, FILLETTE !
WAAAM
NE M'APPELLE PAS FILLETTE !
ARRÊTE, KAORU !
GRRR
HEU !
HEU !
OYO...
KLAM
VOUS FAITES LA FÊTE ?
OYO
BONSOIR.

MONSIEUR... NISHIWAKI...
AH, C'EST DONC LUI !
VOUS AVEZ ENCORE MAIGRI, MEGUMI.
ÉVIDEMMENT, AVEC CETTE PAUVRETÉ...
ZAM
CESSEZ DE VOUS ENTÊTER...
... ET REVENEZ AVEC MOI AU DÔJÔ DE L'ESPRIT VIVANT.
AVEC LUI ?
QU'EST-CE QU'IL A À VOIR LÀ-DEDANS ...?
IL NOUS L'A VOLÉ !
TAC
IL A USURPÉ LE TITRE DE MAÎTRE ADJOINT !
PROFITANT DE LA MORT DE NOTRE PÈRE, IL A ÉLIMINÉ TOUS LES DISCIPLES PAR LA FORCE...
... ET A ENSUITE ACCUEILLI DE NOUVEAUX ÉLÈVES SELON SES PROPRES DÉSIRS...
N'EST-CE PAS, NISHIWAKI ?!

JE N'AI RIEN VOLÉ, JE LE PRÉSERVE POUR ÉVITER...
... QU'UNE SI PRESTIGIEUSE ÉCOLE NE DISPARAISSE, SANS MAÎTRE.
QUEL QUE SOIT VOTRE NIVEAU DE KENDÔ, VOUS NE POUVEZ HÉRITER DU DÔJÔ CAR VOUS ÊTES UNE FEMME.
...
VOILÀ POURQUOI ...
... EN ÉPOUSANT L'AÎNÉE DES KAMIYA...
JE DEVIENDRAI OFFICIELLEMENT L'HÉRITIER LÉGITIME DE CETTE FAMILLE...
N'EST-CE PAS, MEGUMI ?
FIN DE NOTRE ENTREVUE ! RENTRONS AU DÔJÔ, MEGUMI.
OYO
NE LA TOUCHE PAS !!
IL A BESOIN DE MEGUMI POUR DEVENIR MAÎTRE DU DÔJÔ...
C'EST DONC CET HOMME QUE LE PETIT VOULAIT TUER.

NON !
YAHI-KO !
BA
POP
HEIN ?!
TOUT JUSTE !!
NE TE MÊLE PAS DE ÇA...
BAM
... SALE GOSSE !
HÉ ! CESSEZ CETTE VIOLENCE ...

...
GGLH !
LA GARCE !!
RECULE, YAHIKO !
BA
ELLE A RAISON, VIENS.
!
TATATA
HÉ, PETIT !
PETIT ...
!
RECULE, YAHIKO !!

DÉGAGE, MORVEUX !
VA-T'EN, YAHIKO !
TU COMPLIQUES LES CHOSES !
YAHIKO ...
YAHIKO !!
OUAAAH !!

ARRÊTEZ ! QU'EST-CE QUE VOUS FAITES SUR MES TERRES !
ARRÊTEZ OU J'APPELLE LA POLICE !!
!!
LE PROPRIÉTAIRE ...
LES PARIEURS N'ONT PAS PEUR DE LA POLICE !
ARRÊTEZ !!

BIEN QUE MES MÉTHODES PUISSENT PARAÎTRE UN PEU RADICALES ...
... JE FAIS TOUT POUR FAIRE PERDURER L'ESPRIT CETTE ÉCOLE...
JE SUPPOSE QUE VOUS NE VOULEZ PAS VOIR DISPARAÎTRE L'ÉCOLE DE VOS ANCÊTRES...
ALORS RÉFLÉCHISSEZ BIEN.
TR... TRÈS BIEN...
VEUILLEZ EXCUSER TOUT CE BRUIT...
NOUS ALLONS PARTIR.
EXPLIQUEZ-MOI TOUT...
... MLLE KAMIYA.
EUH... C'EST...
LE PETIT !
HEIN ?

LE PETIT...
... A DISPARU.
OÙ A-T-IL BIEN PU PASSER ?!
CALMEZ-VOUS...
JE SUIS DÉJÀ À BOUT DE NERFS À CAUSE DE NISHIWAKI ...
LA COLÈRE VOUS RIDE LE VISAGE.
HÉ HÉ
J'ÉTAIS CONTRE L'ARRIVÉE DE NISHIWAKI DANS NOTRE ÉCOLE !
ON DISAIT QUE C'ÉTAIT LE CHEF DES PARIEURS.
JE SAVAIS QU'IL TENDAIT DES PIÈGES DANS NOTRE DOS !

POURTANT ...
TOC
MON PÈRE LUI A PERMIS D'ENTRER À L'ÉCOLE, IMPRESSIONNÉ PAR SON NIVEAU EN KENDÔ...
C'EST SA FAUTE SI NOUS SOUFFRONS MAINTENANT...
JE NE PENSE PAS QUE VOTRE PÈRE L'AIT ACCEPTÉ POUR CETTE RAISON...
VU SON CARACTÈRE, IL VOULAIT SÛREMENT LUI ENSEIGNER UNE SORTE D'ÉTHIQUE À TRAVERS LE KENDÔ...
EN TOUT CAS, IL FAUT RESPECTER LA MÉMOIRE DES DÉFUNTS.
...
QU'EST-CE QU'IL Y A ?
je saigne encore du nez...
IL PARLAIT COMME S'IL AVAIT CONNU MON PÈRE...
MAIS C'EST IMPOSSIBLE...
AH ?
HEIN ?

LE VOILÀ !
IL EST LÀ-HAUT !
HÉ ! YAHI...
ATTEN-DEZ.
MAIS QU'EST-CE QUE TU FAIS ?!
LAISSEZ-MOI LUI PARLER ...
ON PARLERA ENTRE HOMMES.
VOUS, FILLETTE, VOUS ATTENDEZ ICI.
...?
SALUT !
DOING
TES SŒURS S'INQUIÈTENT ...
RENTRONS À LA MAISON.

TU ES FÂCHÉ CONTRE ELLES...
... PARCE QU'ELLES T'ONT TRAITÉ COMME UN ENFANT ?
JE SAIS QUE TU LES ADORES...
CE QUE TU DÉTESTES, C'EST TA PROPRE IMPUISSANCE, N'EST-CE PAS ?
TU VEUX PROTÉGER TES SŒURS PAR TOI-MÊME...
C'EST POUR CELA QUE TU M'AS DIT QUE TU TE DÉBROUILLE-RAIS SEUL.

TOI, YAHIKO KAMIYA, TU VEUX ÊTRE FORT...
... CAR TU ES LE FILS DU DEUXIÈME KENDÔKA DU JAPON...
MAIS QUELLES QUE SOIENT TES RAISONS, TU NE DOIS TUER PERSONNE.
TOC
TON PÈRE NE SOUHAITERAIT PAS QUE TU DEVIENNES UN ASSASSIN.
QUELLE QUE SOIT SA PUISSANCE, UN ASSASSIN RESTE UN ASSASSIN.
SON ESPRIT EST VIDE, ET LA VOIE QU'IL A CHOISIE L'ENTRAÎNE TOUJOURS VERS LES REMORDS ...
UN LÂCHE N'A PAS À ME FAIRE LA MORALE !
DOOM
OYO ?
JE SUIS SÛR QUE TU DEVIENDRAS FORT, YAHIKO ...
JE TE LE GARANTIS.
TES GARANTIES NE ME CONSOLENT PAS DU TOUT !

AH...
TE VOILÀ, KAORU. OÙ EST YAHIKO ?
JE NE VEUX PAS DE PROBLÈMES ICI...
SINON, JE DEVRAI VOUS OBLIGER À PARTIR.
EXCUSEZ-NOUS.
CE VAGABOND A COMPRIS LES SENTIMENTS DE YAHIKO...
... ALORS QUE MOI, SA SŒUR, JE LES IGNORAIS.
KAORU ?
FLOP
KAORU ...
EN FAIT... JE N'AVAIS JAMAIS...
... ESSAYÉ DE LE COMPRENDRE ...

YAHIKO ET KAORU SONT À BOUT DE NERFS...
JE NE PEUX PLUS FAIRE SOUFFRIR MA FAMILLE DAVANTAGE ...
SI J'ACCEPTE LA PROPOSITION DE CET HOMME...
JE SUPPOSE QUE VOUS NE VOULEZ PAS VOIR DISPARAÎTRE L'ÉCOLE DE VOS ANCÊTRES...
ALORS RÉFLÉCHISSEZ BIEN...
TOUT IRA BIEN...
JE SAIS QUE TOUT IRA BIEN...
JE NE SAVAIS PAS QUE VOUS PRÉFÉRIEZ LES FEMMES...
QUEL GÂCHIS, VOUS ÊTES SI BELLE...
QU'EST-CE QUE TU VAS IMAGINER ?!
T'ES TROP PETIT...
QU'EST-CE QU'IL A VOULU DIRE ?
ALLEZ, AU LIT ! IL EST TARD.
TU VAS PASSER LA NUIT ICI ?

JE VAIS CHEZ NISHIWAKI. JE VOUS CONFIE KAORU ET YAHIKO.
MEGUMI
POUR-QUOI... ?
POUR-QUOI DOIT-ELLE...
URRR
... SE SACRI-FIER ?
BON. QUE VA-T-ON FAIRE, MAINTE-NANT ?
BA
SHAK
NOUS ALLONS ATTAQUER NISHIWAKI, ET C'EST TOUT !
JE NE PEUX PAS LAISSER MA SOEUR SE SACRI-FIER !
WOOSH
YAHI-KO !
!

PENDANT QUE JE ME BATTRAI CONTRE NISHIWAKI...
... TU DEVRAS PROTÉGER MEGUMI. D'ACCORD ?!
TOK
HÉ
SUIS-MOI, YAHIKO !
ZAM
DÔJÔ DE L'ESPRIT VIVANT KAMIYA.
MAIS...

JE SUIS CONTENT QUE VOUS SOYEZ VENUE...
MAIS...
... N'ENTREZ PAS DANS LE DÔJÔ SANS MON AUTORISATION.
HEIN
VLAM
QU'EST-CE QUE VOUS MANIGANCEZ ?
JE PRÉPARE UNE SALLE DE PARIS, BIEN SÛR.
BLAM
LE DÔJÔ EST L'UN DES RARES ENDROITS QUI PEUT NOUS ABRITER DU MONDE EXTÉRIEUR. CE SERA PARFAIT POUR UNE SALLE DE PARIS.
C'EST UNE GRANDE RÉSIDENCE, TRÈS BIEN SITUÉE...
MIEUX VAUT Y OUVRIR UNE SALLE DE PARIS PLUTÔT QU'Y ABRITER DES ÉLÈVES.
ZAM
ZAM
SI JE VENDS CE TERRAIN AVANT QUE LA POLICE NE S'EN MÊLE...
... JE FERAI FORTUNE.
GRR
C'EST CE QUE VOUS VOULIEZ...
... DEPUIS LE DÉBUT !
AM

L'ÈRE MEIJI EST UNE ÉPOQUE DE RENOUVEAU CULTUREL...
LE KENDÔ N'EST QU'UN ANACHRONISME.
VOUS ÊTES...
... LE DERNIER DES VAURIENS.
TOUT CE QUE TU VEUX...
BOOM
NISHI-WAKI !!
RENDS-MOI MA SŒUR !
SINON JE TE TUE !
ON SE CALME !
PFF
KAORU !
YAHIKO !

HA
ATTENDEZ ...
ALLONS-Y, YAHIKO !
JE N'AI BESOIN QUE DE CETTE FEMME.
IL FAUT D'ABORD LE CONVAINCRE. LAISSEZ-MOI FAIRE...
ENCORE TOI !
QU'EST-CE QUE TU FABRIQUES ?
OUHA
OUHA
VOUS ÊTES VENUS POUR VOUS BATTRE ENTRE VOUS ?
NON, PARTEZ !! ALLEZ-VOUS-EN !
NOUS SOMMES VENUS...
... POUR RÉCUPÉRER MLLE MEGUMI AINSI QUE LE DÔJÔ.
!
LA SUCCESSION DE L'ÉCOLE KAMIYA DOIT ÊTRE RESPECTÉE...
L'HÉRITIER LÉGITIME DU DÔJÔ EST LE FILS AÎNÉ DES KAMIYA, YAHIKO ICI PRÉSENT.

IL FAUDRA BIEN SÛR ATTENDRE LA MAJORITÉ DE YAHIKO...
D'ICI LÀ, C'EST MLLE KAORU QUI GÉRERA LE DÔJÔ.
VU SON CARACTÈRE, JE PENSE QUE C'EST POSSIBLE.
UN MOT DE PLUS...
BOM
C'EST TRÈS LOGIQUE ...
... MAIS TU CROIS QUE ÇA VA SUFFIRE À ME FAIRE RENONCER ?
BON... ÇA NE MARCHE PAS.
ALORS QUE FAIRE POUR VOUS CONVAINCRE ?
C'EST SIMPLE. TU DOIS NOUS COMBATTRE AU SABRE...
... MOI, LE MAÎTRE ADJOINT DU DÔJÔ KAMIYA, ET NEUF DE MES HOMMES !
JE NE SUIS PAS VENU POUR RÉGLER CE DIFFÉREND PAR LA FORCE...
MAIS PUISQUE VOUS Y TENEZ...

ATTENDS !
JE TE REMERCIE MAIS CELA NE TE CONCERNE PAS !
OYO
POURTANT NOUS AVONS DÉJÀ PARTAGÉ UN REPAS COMME DES FRÈRES.
IDIOT !
TU NE VAS PAS RISQUER TA VIE JUSTE POUR ÇA !!
CE N'EST PAS "JUSTE POUR ÇA"...
IL ME SEMBLE QUE...
... C'EST L'ÂME DE M. KOJIRÔ QUI M'A CONDUIT JUSQU'À VOUS...
COMME PAR SOUCI DE PROTÉGER ...
... SES PROPRES ENFANTS...
BON...
RECULEZ UN PEU.
COMMENT CONNAÎT-IL LE NOM DE...?
IL CONNAÎT MON PÈRE ! MAIS QUI EST-IL ?
FINISSONS-EN !!

DOOOOM !!
LIQUIDEZ-LE !!
YAHIKO !!
!!
REGARDE BIEN LE MEILLEUR KENDÔKA DU JAPON...
... D'APRÈS TON PÈRE !!

OH !
GRR !
GYAH !
RHG !

ÎL EST TROP FORT...
L'ÉCOLE HITEN MITSURUGI ...
CE VAGABOND EST...
C'EST LUI...
QUOI...?!
LE PREMIER KENDÔKA ...
CELUI DONT PARLAIT PAPA.

BATTOSAÏ L'ASSASSIN !
IL A TUÉ NEUF HOMMES ...
AH
... EN TROIS COUPS.
ATTENDEZ UN PEU...
WOOP!
JE N'AI TUÉ PERSONNE.
?!
MAIS COMMENT ...?!
C'EST UN SABRE À LAME INVERSÉE.
IL PERMET DE NE PAS TUER LES HOMMES, LORS D'UN COMBAT.
EN EFFET... TU NE PEUX RIEN TRANCHER AVEC ÇA.
MAIS POURQUOI BATTOSAÏ L'ASSASSIN UTILISE-T-IL UNE TELLE ARME ?
C'EST MIEUX COMME ÇA.
MAIS ...

LAISSE LA FAMILLE KAMIYA EN PAIX.
GRR...
JE PEUX VOUS FRACASSER LES OS AVEC ÇA...
IL EST ...
GRR
... MONSIEUR NISHIWAKI !
JE SUIS LE MAÎTRE DE L'ÉCOLE KAMIYA ! TU NE PEUX PAS ME VAINCRE !
...TENACE !!

JE T'INTERDIS DE RÉPÉTER CE QUE TU VIENS DE DIRE.
TU INSULTES CETTE ÉCOLE !
C'EST INCROYABLE ...
IL EST TROP RAPIDE... ET TROP FORT...
MAIS ...
... QU'EST-CE QUE TU DIS DE ÇA ?!
LA SITUATION CHANGE À PRÉSENT !
clic clic
UN PISTOLET !
MALGRÉ TON TALENT AU SABRE, TU N'ES RIEN FACE À UNE ARME À FEU !!
JE LE RÉPÈTE : RENONCE À LA FAMILLE KAMIYA.

TAIS-TOI !
BAM
ET MEURS !
BAM
VVVOOOO
VVOOM
... EH...
ZAM
ZAM
... OUH...

WOOO !!
BOM
BOM BOM BOM
EN ÉTUDIANT L'ANGLE DE VISÉE DE TON ARME...
... IL M'EST FACILE DE PRÉVOIR LA TRAJECTOIRE DE TES BALLES !!
GWAA !

AÏE !
Hiii...
!!
DERNIER AVERTISSE-MENT...
ZAM
RENONCE À JAMAIS À LA FAMILLE KAMIYA.
C'EST BIEN COMPRIS ?

REMERCIEMENTS À MAÎTRE TSUGIHARA, M. HEBOKI, M. SHIMADA ET M. SAITÔ.

EUH !
EUH... APPRENDS-MOI LA TECHNIQUE DE L'ÉCOLE HITEN MITSURUGI...
JE T'EN PRIE !
JE VEUX DEVENIR AUSSI FORT QUE TOI !
COMME JE TE L'AI DIT...
... QUELLE QUE SOIT SA PUISSANCE, UN ASSASSIN RESTE UN ASSASSIN.
CLAM
CETTE TECHNIQUE SERAIT FATALE SI LA LAME DE CE SABRE N'ÉTAIT PAS INVERSÉE. TU N'AS PAS BESOIN DE ÇA.
POM
TU PEUX DEVENIR PLUS PUISSANT ENCORE, AVEC LA TECHNIQUE DE L'ÉCOLE KAMIYA.
DEVIENS ...
... UN KENDÔKA DIGNE DE TON PÈRE.
ADIEU.
HÉ...
OÙ VAS-TU ?!
BA

JE SUIS UN VAGABOND.
...
JE REPRENDS LA ROUTE.
...
C'EST MIEUX COMME ÇA.
BATTOSAÏ L'ASSASSIN...
KLONG
KLONG
EN EFFET, TU NE PEUX RIEN TRANCHER AVEC ÇA.
MAIS POURQUOI BATTOSAÏ L'ASSASSIN UTILISE-T-IL UNE TELLE ARME ?
C'EST UN SIMPLE VAGABOND...
... NON ?

"LA RAISON D'AGIR", FIN.